海边的男孩

蔡天新 著

人民文学出版社

图书在版编目（CIP）数据

海边的男孩 / 蔡天新著. —— 北京：人民文学出版
社, 2024. —— (我们小时候). —— ISBN 978-7-02
-018801-7

Ⅰ. I267

中国国家版本馆CIP数据核字第20249QG796号

责任编辑　朱卫净　孙玉虎　吕昱雯
装帧设计　汪佳诗

出版发行　人民文学出版社
社　　址　北京市朝内大街166号
邮政编码　100705

印　　制　山东临沂新华印刷物流集团有限责任公司
经　　销　全国新华书店等

字　　数　80千字
开　　本　890毫米×1240毫米　1/32
印　　张　6.5
版　　次　2024年8月北京第1版
印　　次　2024年8月第1次印刷

书　　号　978-7-02-018801-7
定　　价　55.00 元

如有印装质量问题，请与本社图书销售中心调换。电话：010-65233595

做有生命的人
韩 松

2013年，"我们小时候"丛书横空出世，先后推出了王安忆、苏童、迟子建、毕飞宇、周国平、郁雨君、张炜、叶兆言、宗璞、张梅溪等文学名家回忆童年的散文作品。十余年过去，"我们小时候"这一品牌越发响亮，如今，出版方又开辟了科学家系列。

新增的这套书，是我国有成就的科学家们，讲述自己小时候的故事——都是亲历的人和事，他们又善于讲，无不娓娓动听。从中看到的，是一株株水灵灵成长的秧苗，是一颗颗丰富充沛的心灵，是一个个阳光雨露下活泼自由的生命。

他们中的好几位，我在工作中就认识，感到有个特点，就是都有小孩子的天性，率真可爱而童趣盎然。他们写起自己小时候的故事，仿佛也是写现在的自己。

我不禁想到英国星际协会会长、著名科幻作家阿瑟·克拉克，给自己撰写的墓志铭："他从未长大，但他从未停止成长。"或许有成就的人，都会保持小孩子的童真。

我以为，孩子阶段所养成的基本素质，将决定整个人生。中国古话说"三岁看大，七岁看老"，这是有道理的。有研究表明，小孩从出生到三岁，大脑发育已达到成人脑重的70%，而在三岁至八岁会完成剩余的30%。

因此，有成就的科学家是如何走过这一阶段的，颇有启示。

从这套书中看到，作者们还是孩子时，普遍具有很强的觉察力和好奇心，他们对未知的世界充满热爱和兴趣，急切地拥抱天地万物，对动物、植物，对一滴水，对一株草，对大自然，对它们的来历和变化，都想追问一串为什么。他们对星星为什么会待在天空上，也要探寻个究竟。

另外，他们还充满想象力。看到一支舵，想到大海；看到一片雪花，想到天宇。然后他们会去辨析这些事物之间的不同。想象力，是觉察力和好奇心的进一步发挥，要穷极八荒，给未知找一个答案，破解大自然藏起来的秘密。

他们还都有一种自我驱动的力量，表现在很小就自觉地有了人生目标，并认真地为达到这个目标而不懈努力，心无旁骛，不浪费时间。他们有很强的动手能力。好几位讲到，他们小时候，经常主动尝试去做一个或生物的或物理的或数学的实验，虽然还很粗浅，但对于那时的孩子来说，已经是很厉害了。他们还在这个过程中，养成了判断和选择的能力。

他们都十分热爱学习，而不是坐在那里空想，或者把好奇心等同于无节制的玩耍。他们注重打好知识基础，把课堂里学到的，与生活中观察到的，结合在一起。很奇异的是，到了考大学时，这些人几乎没有疑义地都成了学霸，成了状元。

他们从小就拥有一颗善良和正直的心。待人处事时，谦虚有礼，讲情重义，仁爱守信，留下了许多与长辈、邻里、老师、小伙伴相处的美妙故事。做一个成功的人，首先是做一个有道德的人。

让我感到钦佩的是，他们是科学家，却都十分重视人文，有很高超的文学艺术水平，有的还是诗人和艺术家。或许，科学的后面，更需要人文为支撑。科技最终是为人的，一颗温暖而敏锐的、富有诗意的心灵，是发现宇宙奥秘的根本。

他们也详细描述了自己的成长环境。他们对家乡的山川形胜、历史文化，满怀挚爱。他们善于引经据典，也熟悉白描的技能，讲起故土的风物、史实、掌故、传说、佚闻、风俗、文学、艺术、音乐、美食，如数家珍——渊博知识外，更有无限深情。他们中的不少人生活在中国历史上有名的县城，那里本来就出过名人，有悠久灿烂的文化。他们从小也因此受到熏陶。不得不说，优秀传统文化对人的影响，有多么重要；而优秀的心灵，就像蜜蜂一样，能够从中采撷到丰富的养分。

他们写的是小时候的故事，却以孩子的视角，描述了一个大时代的变迁：他们及其周围的人们，在亘古未有的剧变中沉浮，冲波逆流。偶然性和必然性，织构成了命运。抓住时代的机遇，不被暂时的困难吓退，始终保持对未来的乐观和达观，便是成功的诀窍。而这套书的价值又远远超出了成功学的传授。它是一部百科全书，从中一窥中华文明的变迁、大自然的奇妙壮阔、时代的风云变幻、科学与文化的交融，从而启迪人生，传播真知。相信无论大人孩子，都会从这套书的阅读中受益无穷。

如今，我们来到了"科技是第一现实"的时代，正值新一轮科技革命发生，我们又一次感到，优秀的科学家和工程师，对于国家的现代化进步，是多么的重要。了解科学家的成长经历，在今天看来，有了十分现实的意义。相对于他们，如今有的孩子被死死绑在单调的课程上，接受机械的教育，被要求对丰富的世界只能给出一个答案，他们本来开放的心扉被封闭了起来。科技已成决定国家前途的要害，而如何出人才，又是核心，这里的关键在于教育。我们需要突破无形的枷锁和有形的制约，培养出充满热爱、兴趣、丰沛的想象和满满的求知精神的一代新人。在这个越来越像是"由机器说了算"的时代，更需要激发人类的自由活泼的生命力。所以这套书的出版，是一场及时雨。

目　录

自由的人儿啊你总是那样怀恋大海。

——〔法国〕夏尔·波德莱尔

唯有传记才是真实的历史。

——〔苏格兰〕托马斯·卡莱尔

大海对他不像对西方诗人那么富有魔力。

——林语堂《苏东坡传》

第一章 青蛙、麻糍和船尾舵

1. 拉着秀娟姐姐去看汽车

我认识的作家毕飞宇在童年自传《苏北少年"堂吉诃德"》里写道，因为他的父亲是"右派"，小时候他和当小学老师的父母在苏北泰州的两个村庄和一个小镇生活，分别是杨家庄、陆王村和中堡镇，十五岁才搬到兴化县城。他还说，他的二姐待过的村庄比他多一个，叫东方红村；而大姐待过的村庄比他多两个，除了东方红村，还有棒徐村。

我的父亲也曾是"右派"，我和我的母亲因此在浙东南台州的七个村庄和一个小镇生活、学习。其中唯一的小镇叫院桥，从前属于黄岩县，1994 年台州撤地建市后，黄岩一分为三，即椒江（原海门镇）、黄岩和路桥三区，但院桥仍属黄岩，位于今日甬台温高速台州南出口处。我母亲原先是在县文化馆工作，1957年，父亲从他执教的黄岩中学去了西部头陀乡的农场劳动，母亲则到院桥中学担任文秘。

院桥位于黄岩南部边界，即便是老黄岩县时代也是如此，南和东南是温岭大溪镇，西南是温州永嘉智仁乡（那儿出了项武忠、项武义兄弟等多位数学大家）。如今，院桥东边是路桥区，有鉴洋湖水道与之连通。至于院桥名字的来历，恐怕与寺院和古桥有关，在这个意义上，它比行政级别更高的路桥富有历史感。

据专家考证，院桥的历史比黄岩建县要早得多。1957年院桥秀岭水库开工，母亲曾是工地广播员，黄岩县和温州专区（当时黄岩隶属温州）派文管员前往工地，发现新石器时期的残石斧（有孔和无孔）、石锛、石镞各一件，东汉末期至南朝刘宋时期古墓七十多座，其中汉墓四座，出土陶瓷器一百二十多件。

至于"院桥"这个名字的直接由来，一是因为寺院门口有两座桥——众乐桥和文桥，其中一座俗名院桥。在院桥镇东鉴村，有一座古老的寺庙——广化寺，该寺始建于三国东吴赤乌年间（约243年），距今已有1780年，是江浙地区最早的寺院之一。可是，院桥的"院"并非广化寺，而是镇上某座消失的寺院。

作为文秘，母亲的职责之一是刻写试卷。那时试卷全靠油印，没有电脑，只能把蜡纸放在钢板上人工刻写。母亲的字迹工整娟秀，包括数学公式和化学符号也刻得清晰规范。每当期中或期末考试来临，她都特别忙碌，全校各年级的试卷都要她刻。我出生前一年，她因为连续刻写，造成右眼视网膜脱落，后来经过海门（今台州市主城区椒江）眼科医院专家抢救，外观恢复正常，但从此近视一千多度，只能几乎全靠左眼了。

部分基于这个原因，我出生以后，母亲雇了一个十六七岁的小姑娘来做保姆，她的名字叫秀娟，主要职责是带我，我叫她秀娟姐姐。那时候像院桥这样的小镇，是没有幼儿园的，秀娟姐姐跟我们生活了好几年，直到我五岁去黄岩西部一座叫新畬的村子上小学。我们在院桥时，每逢节假日，她会回到她的村庄，回到她的父母亲还有爷爷奶奶身边。

我不记得秀娟姐姐长什么模样了，不记得她个儿有多高，也不记得她是否带我去过她的村庄，我只记得她的声音很好听，还有她的名字。虽然秀娟姐姐不是我的乳娘，但也十分亲近。十年以后，母亲的工资每月仍只有四十五元人民币，当年每月给她十五元。秀娟姐姐和我母亲都不用做饭，因为几乎每一餐，我们都在院桥中学的食堂里吃。

而在秀娟姐姐不在的那些节假日，我和母亲有时会乘汽车去黄岩县城，看望兄长未名，那会儿父亲也从新畬的农场回到城里。那时候的周末只放一天假，更多的时候，是在黄岩中学念书的未名来院桥看我们。最让人难忘的是一个周末的早上，我和母亲坐上去县城的汽车，路上突然看见未名步行着往院桥方向走去，那一刻母亲扑向窗外呼唤未名的名字……

秀娟姐姐的家在与院桥相邻的沙埠，至于哪个村庄，我已不记得，母亲生前我曾问过，她也不记得了。从前沙埠是个公社，后来变成乡，1996年合并了南边的佛岭乡之后，成为沙埠镇。翻阅地图，沙埠镇共有三十三个村庄：廿四都、前路、斜云、下溪、金余、八村、栅溪、樟树下、月亮岗、大虫坑……都是挺有趣的村名。

记得我六岁那年，秀娟姐姐从沙埠来委羽山村看过我们，还带来一些土特产，母亲留她住了一两个晚上。那是我最后一次见到秀娟姐姐，她快要出嫁了。她嫁到哪个村庄，我们也记不起了，应该是在沙埠镇、院桥镇或高桥街道的范围内。当年修水库时发现的沙埠窑遗址如今已是全国重点文保单位，我一直想去看看，却一直没有成行。

我记忆最清晰的一件事，是拉着秀娟姐姐的手，让她带我去院桥汽车站看汽车。那时候院桥汽车很少，大概只有去黄岩县城和路桥镇每天两趟，临海县城和海门镇每天一趟。我们通常去看的是下午从黄岩回来那趟，大约是下午四点半光景。车上会下来二三十位乘客，偶尔会有几个小朋友在其中，我会用羡慕的眼光看着他们，但我从没有央求秀娟姐姐带我上汽车。

只要秀娟姐姐没有遇到不测，她应该还活在世上，还不到八十岁。即便如此，她也不大可能读到我的文字，一来她不识字，二来乡下的习惯，女人一旦做了母亲，村里人便不会叫她名字，代之以某某娘、某某奶奶或某某外婆了。久而久之，她的名字秀娟便会被人忘记。因此，即便同村的年轻人读到我的文字或书籍，也不会想到我的秀娟姐姐就是她老人家。

我还记得，我们是沿着河边去车站的，每逢那个时候，我是决不会要她抱我的，而是拉着或抓着她的手去车站。有几次，我们去得比较早，可能是上午或中午，看见汽车缓缓驶出车站的大门，沿着河边去往远处。汽车的背后会扬起一片尘土，但我从不觉得那有多脏，甚至也不回避，似乎觉得在那阵风的旋转中，我也会跟着去到看不见的远方。

2. 胡子扎人的李伯伯救了我

1957年，父亲成为"右派"时刚好三十六岁，是他的本命年。

当时父亲在黄岩中学担任主持工作的副校长，校长由黄岩县委书记兼任。父亲因为没有出格的言论，并未受到严厉惩罚（对他发难的那个人随后接替他的职位并升任校长），但也卸下副校长之职，同时失去了教书的资格，他被送到黄岩西部头陀乡新岙村的县中农场里劳动。

父亲在新岙农场的活计是种田和养牛，按照他的老同学、北京大学经济系张友仁教授撰写的纪念文章《怀念蔡海南》（载黄岩中学纪念文丛，2000），"他饲养的奶牛头头肥壮，被农民戴上了大红花；他还潜心研究水稻栽培，使得当地的粮食增产一倍以上"。记忆里，父亲曾托这位老同学在北京购买过恩格斯《反杜林论》的英文版。

按理说，父亲是一介书生，他之所以擅长农活，是因为民国初年，祖父响应政府的号召，从地处内陆的温岭县横峰乡到三门县南田岛（今属宁波象山县）开荒种地，其时父亲还在襁褓之中。经过祖父和大伯等人数十年艰苦努力，蔡家在南田拥有了不少农田，还置办了一家米厂。我的小叔——父亲的四弟也因此成为农活行家，他后来接管了家族米厂。

父亲在家里的男孩中排行第三，他初中毕业后曾在南田家中短暂务农。抗战时期，他和二伯都先后上了大学，二伯念的是浙江大学外文系，父亲念的是西南联大法商学院政治系（后来毕业于北京大学历史系）。也正因为南田的生活锻炼，加上阅读了进步书籍，他参加了地下党，并成为高中母校台州中学地下党组织的创建人，务农的经历后来也在他校办农场的劳动实践中发挥了作用。

1961年冬天，第一批"右派"摘帽，父亲幸列其中。虽说离他平反、官复原职还有十八年的时光，毕竟生活得到了改善，他被允许返回县城，到校办模具工厂担任技师，后来成为厂里的技术骨干。很久以后，父亲的一个学生告诉我，他的一个同班同学是头陀人，这位同学的父亲是个木匠，我父亲在头陀乡种田放牛期间，向他学到了木工技术。

　　黄岩是"中国模具之乡"，早在1950年代中期，就办起了第一家专业的模具企业。到1970年代初，已有二十余家小规模的乡镇企业。1986年，机械工业部一位副部长来黄岩考察，对黄岩模具行业高度评价，誉之为"模具之乡"。如今，中国有七成塑料模具产自黄岩。值得一提的是，我高中毕业前夕，父亲为我准备了一套木工工具，准备以后教我谋生的手艺，不料停滞十多年的高考恢复了。

　　父亲返回县城以后，心情和环境有所好转，便在翌年夏天与母亲孕育了我。我五岁那年，母亲调到离县城较近的澄江中学做了出纳，那是在一个叫委羽山村的村庄里。经父亲介绍，母亲把我送到他劳动过的新岙村，托付给他种地养牛时认识的农民金橘，我在村办小学入了学。那是个复式班，学校里只有一位姓张的老师，却要教全村的孩子。

复式教学始于清朝末年，在一些比较偏远的乡村，因为生源和老师不足，把两个或两个以上年级的同学编成一班，由一位教师用不同的教材，在同一节课里对不同年级的学生进行授课。新岙小学只有一位老师，五个年级的同学在一起，张老师先给我们一年级同学讲课，让其他年级同学做作业或复习，随后交替进行。

至于同班同学，我一个也不记得了，只记得我们一年级有四个同学，坐在左侧头两排。开学前一天，我还在田间跟在拉犁的农民伯伯后头抓泥鳅和黄鳝，是被母亲强行拉到学校里去的，上了一天就不用再动员了，因为我觉得读书非常容易，且人多好玩。新千年以后，我的母校新岙小学已并入头陀小学。

上了一个学期以后，母亲便把我接到委羽山村，入读附近的樊川小学。我从一年级下半学期开始，在樊川小学读了两年书。印象最深刻的是一位叫程功的同学，他也是我记得的最早的同学，还是我的隔壁邻居，他的父母是澄中老师，上头有两个姐姐。程功比我年长一岁，我们是同班同学，记忆在我七岁那年显得尤为清晰。

那年春天，即 1970 年 4 月 20 日，中国第一颗人造地球卫星"东方红一号"由"长征一号"火箭成功发射上天。从此在浩瀚的太空中有了一颗中国制造的人造卫星，日日夜夜播放《东方红》，那首歌也是我们小学生人人会唱的。那年冬日的一个清早，我和程功像往常一样，一起去樊川小学上学，那天我从三楼下楼，路过他家门口喊了一声，听到他的回答，就先下楼了。

我走出大楼，向前五十多米处有一个丁字路口，那儿有口没有封盖的水井。我一边跑一边唱着《东方红》，还扭头去看程功有没有出大楼。我打算躲到旁边的黑板报墙后面，跟程功玩一次捉迷藏的游戏，没有留意到那口水井。"扑通"一声，我掉进了水井。我高喊救命，可是那会儿程功还没有下楼，澄中的老师和同学也没有在那一刻上下楼。

冬季井水较浅，水面离井口有一米多。原本井水就凉，这口井又是山井，水就更加寒冷刺骨了。那时我还没学会游泳，一连喝下了好几口水，头脑里一片空白，眼看一个七岁的小生命就此要结束了。万幸的是，黑板报墙后不远处的菜地里，有一个"右派"地理老师在锄地，听到呼喊声便跑了过来，用锄头把我捞了上来，那会儿程功也已赶到了。

这位老师叫李奇文，我叫他李伯伯，他平日里喜欢抱我，并爱用络腮胡子扎我的脸。可以说，是一个"右派"生了我，另一个"右派"救了我。遗憾的是，我长大以后再也没有见过李伯伯，也没有听到他的任何消息。2016年初，故乡《台州晚报》连载我的童年回忆录，才帮助我找到李伯伯——联系上他的孙女李丽娟。

李女士告诉我，她的爷爷李奇文（1924—2012）毕业于英士大学英文系，就是我的前辈数论同行、为我的《数学传奇》等多部著作题写扉页书名或撰写书评的数学家王元院士当年就读的民国国立大学。李伯伯比我母亲小一岁，我和母亲离开澄江中学不久后，李伯伯也离开了委羽山。他后来任教于椒江二中，退休后一直定居椒江，直到八十八岁时去世。

生命稍纵即逝，人的命运很奇怪，除了血缘和婚姻关系的亲人以外，有时也会与其他人的生命联系在一起。而到目前为止，我还没有机会挽救另一个人的生命。多年以后的一个夜晚，我在杭州的酒吧里与程功巧遇。我说起那次落井事故，他竟然毫无记忆，而他是唯一在世的见证人。

3. 可以数不可以吃的麻糍

澄江中学（如今改名黄岩第二中学）在黄岩城南五里处，傍依着道教名山委羽山。委羽山又名羽山，高87米，相传汉朝开国皇帝刘邦的后裔刘奉林在此修道成仙。有一天，大家目送他骑白鹤飞天，稍后，空中飘下几片羽毛，上写"目不明，井水洗"。于是村民们拿鹤毛蘸井水洗眼，果然比先前明了许多，此山因此受到历代道士和名流膜拜。不知我掉落的那口水井，是否也与此传说有关。

多年以后我才了解到，原来我小时候经常玩的一个几十米深的山洞，便是位列中国道教十大名洞第二的委羽山洞，其号为"大有空明天"；而位列第一的王屋山洞坐落在晋豫两省之间，其号为"小有清虚天"；第五至第八洞天分别在都江堰青城山、天台赤城山、广东罗浮山和江苏茅山。

到唐代时，委羽山已成道教胜地，宋代达到鼎盛，其时山间道观藏经千卷，云游道士四季不绝。到了元代，委羽山成为全真道场。黄岩本土出生的南宋宰相杜范称颂其为"众山之宗"，江湖派诗人戴复古则"归老委羽之下"。山上名胜古迹有大有宫、大有空明洞等，而我小时候，这些东西统统成为封建迷信，自然没有大人跟我们说起。

路桥出生的元代文学家、史学家陶宗仪以随手札记、爱讲故事而遐迩闻名，在其三十卷的皇皇大作《南村辍耕录》里，他记载了这样一则传奇："（委羽山）洞口有刘奉林碑刻像，年久残剥。元至正间道士严中曾重立。后有牧童戏于下，以石击右目，目随剥落，童惧逃归，迨至门，右目痛甚，遂亡。"

如果说上述三位均为黄岩本地名人，那么相传南朝诗人谢灵运的"山头方石在，洞口花自开。鹤背人不见，满地空绿苔"（《题委羽山》）、宋代大儒朱熹的"山藏方石烂，门掩薜萝深。道像千年在，衣冠照古心"（《委羽山怀古》），以及清末政治家康有为的"松竹幽幽委羽山"则应该是受其感召而发。

比起院桥来，从委羽山到黄岩县城要近许多，但没有公路，甚至手推的两轮车或脚踏的三轮车都难以通行，唯一的小路可以步行，那需要穿越一大片田野和橘林。小路中间不规则地铺着一块块相互分离的石板，以方便雨天和雪天的行人。这段路上没有村庄和人家，甚至也没有可以歇脚的路廊。

因此，即便是晴天，走这段路也会觉得无趣。我总是会落在后面，如果是与未名同行，他会拉着我的手把我往前拽，一次又一次。如果是与母亲同行，她会另想办法。有一次，我们去县城看完电影回委羽山，母亲看我走累了，便心生一计，谎称路上的石板是我爱吃的麻糍，唯有走在前面的人可以吃到。于是，我们开始了"吃麻糍"比赛，我自告奋勇地抢在前面数数：

$$1、2、3、4\cdots\cdots$$

等我走乏了，母亲会再次领先。因此，在两个不断变幻增长的正整数之间，会有减法和加法计算。

很久以后，我读到苏联数学家柯尔莫哥洛夫（1903—1987）的故事，他是现代概率论的教父，数学终身成就奖沃尔夫奖得主。1963年，他在一篇冠名《我是如何成为数学家的》的文章中写道，他在五六岁时领略到数学"发现"的乐趣。具体地说，他观察到

$$1=1^2$$

$$1+3=2^2$$

$$1+3+5=3^2$$

$$1+3+5+7=4^2$$

等等，也就是说，前 n 个连续正奇数的和等于 n 的

平方。

这当然不算什么定理或命题，因为可以用归纳法轻松证明。但对于五六岁的孩子来说，这是很让他开心的事，同时也是鼓舞人心的，他找到了学习数学的乐趣和动力。请注意，这不是老师或家长布置的习题，而是柯尔莫哥洛夫的自我发现。不久，这个自我发现发表在莫斯科著名的科普杂志《春燕》上。

从那以后，柯尔莫哥洛夫便喜欢上了数学，儿童和少年时期，他成为《春燕》的作者。1920年，十七岁的他考上了莫斯科大学物理数学系。他在数学的许多领域和大气力学方面都做出了杰出的贡献，三十六岁当选苏联科学院院士，也是法国、美国、波兰等国科学院的外籍院士和英国皇家学会的荣誉会员，获得过列宁奖金、列宁勋章和社会主义劳动英雄等荣誉。

再来说说德国数学王子高斯（1777—1855）的故事。他九岁那年，学校老师为了让同学们有事做，让他们计算从 1 到 100 的自然数的和。高斯几乎立刻得到了答案，写在题板上并朝下放在课桌上，等到全班同学都做好了，老师翻开来看，结果只有高斯一个人答对了。原来，高斯把 1 和 100 配对，2 和 99 配对……50 和 51 配对，一共 50 对，每对数的和是 101。这样一来——

$$50 \times 101 = 5050。$$

最后，来说一说麻糍。它是浙江、江西和闽南地区的一种应节传统点心，由糯米等食材制作而成，如果是由晚米制作的，则称年糕。通常在我们老家，清明做麻糍，春节做年糕。黄岩白麻糍洁白如雪，柔软如绵，光滑细腻，不粘碗，不钉牙糊口。记忆里，撒上红糖的麻糍口感更好。

就这样，母亲"制作"的只能数不能吃的"麻糍"不断推动我前进，她再也不用担心我走不动了。可能因为这个，数字，尤其是整数或自然数，在我心中渐渐变得可爱起来，反正它们陪伴了我的一生。
发现数与数之间的相互关系，是数论学家持之以恒
的目标。2000 年，在遥远的拉丁美洲，我曾在一首
献给毕达哥拉斯的诗歌《数字与玫瑰》中这样写道：

数字成为他心中最珍重的玫瑰

那些绯红、橙黄或洁白的花朵

巧妙地装饰着无与伦比的头脑

4. 摔三角把自己摔到王林施

　　1971 年初春，我读小学三年级下学期时，母亲又有了新的工作调动。这次是从澄江中学到永宁江北岸的王林施小学，具体是在王林公社王林施生产大队，我习惯叫它王林施村。永宁是黄岩的旧称，永宁江是黄岩的母亲河，是椒江最大的支流，发源于黄岩西部与温州永嘉交界的大寺尖，自西向东贯穿黄岩中西部和北部，至三江口汇入椒江干流灵江，全长 80 公里，流域面积 890 平方公里。

　　温（岭）黄（岩）平原虽说是仅次于杭嘉湖平原和宁绍平原的浙江第三大平原，但面积与前两者无法相比。永宁江流到黄岩县城附近时，与北侧的括苍山支脉根须时有相遇，形成了九曲十八弯状，

有一次，我们去县城看完电影回委羽山，母亲看我走累了，便心生一计，谎称路上的石板是我爱吃的麻糍，唯有走在前面的人可以吃到。于是，我们开始了"吃麻糍"比赛，我自告奋勇地抢在前面数数：1、2、3、4……等我走乏了，母亲会再次领先。因此，在两个不断变幻增长的正整数之间，会有减法和加法计算。

直到汇入椒江，无论从干流长度还是流域面积来说，都是仅次于钱塘江和瓯江的浙江第三大河。

王林施村位于永宁江下游的一个大弯北岸，它离黄岩县城明显比委羽山村远，而且还隔着宽阔的永宁江。每次往返县城都得搭乘渡船，非常不方便，尤其是遇到紧急情况的时候，因为艄公在日落时分便收工了。说到母亲的这次工作调动，与父亲的政治遭遇并没有直接关联，而是她自己的一次偶然事故使然，说起来与我玩的一种游戏紧密相关。

头一年暑假，县教育局照例召集全县教师到县城政治学习。母亲带着蚊帐、换洗衣服等行李和我，来到城关中学，我们与十来个女教师一起，住进了一间教室。幸好，还有一些与我年龄相仿的同伴，他们有的跟着父亲，有的跟着母亲。在那个年代，寒暑假几乎没有作业，白天大人们政治学习，孩子们便玩游戏，有一个男孩女孩都可以玩耍的游戏叫作摔三角。

具体玩法是，先把一张张纸烟盒或其他废纸叠成三角形状，这是必须做的程序。那个年代的香烟盒，绝大多数是软纸，不像现在大多是硬纸。我们把空烟盒展开，折叠成等腰三角形。好的烟盒玩起来感觉不一样，我们会特别珍惜。

玩耍时，挨着对方放在地上的三角，把自己的三角使劲摔下，如果产生的风力刚好把对方的三角掀翻，就算被你赢走了。大家轮流交替摔三角，直到一方的三角输光了，游戏才宣告结束。值得一提的是，一张高级三角能换好几张普通三角，人人都想把对方的高级三角归为己有。高级三角就跟宝贝似的押到最后才拿出来，光杆司令换几个虾兵蟹将，继续战斗，直至全军覆没。

可是，教师队伍里抽烟的人毕竟不多，废弃的香烟盒有限。因此，我们便把一些废纸拿来折叠，其中也有印着领袖像的文件，那是家长们的学习资料。不知道是谁把它折叠成三角，被我赢回来了。有一次，母亲回到临时宿舍，因为急着上厕所，便带走了几张我的三角。这下子可闯了大祸，不久就有一位女教师举报，她在纸篓里看见了领袖像。

这下可好，第二天上午，原本的小组讨论暂停，紧急召开了全县教师大会，教育局长向老师们通报了这起事件，要求大家坦白或检举揭发。我母亲凭直觉意识到可能与自己有关，因为那张纸上有折叠成三角的折痕。她很快举手，主动承认这件事可能是她无意中所为。就这样，母亲成了"现行反革命"。

接下来的时间里，政治学习变成了针对母亲的各种大大小小的批斗会，共计二十多次。记忆里有一回是在县城中心的十字路口，那里曾有一个八层楼的钟楼和消防队。多年以后，恢复高考以后的第一次发榜，就是在同一地方。批斗会上，全体教师和看热闹的人都跟着喊口号，我没有人照看，独自站在最后面。好在母亲没有冤家或仇敌，幸运地保留了公职，也没有遭受皮肉之苦。

说到三角形，它是平面几何中最基本的图形之一，其中最特殊的两种情形是等腰三角形和直角三角形。三千多年前，西周第一个天子周武王的弟弟周公与大夫商高在有关测量术的一次对话中，便已提及"勾广三，股修四，径隅五"。这是现存的（3，4，5）这组最小的勾股数的最早记录，而所谓的勾股数正是直角三角形的三条边长均为正整数的情形。

而对任意一个等腰三角形，哪怕它同时是直角（即等腰直角三角形），也不存在勾股数。这是因为整数2的平方根不是有理数的缘故，这个事实曾引发第一次数学危机。古希腊毕达哥拉斯学派的数学家希帕索斯正是泄露了2的平方根是无理数的秘密，被扔进了地中海淹死。

十一世纪的北宋数学家贾宪发现了二项式系数之间存在着类似三角形的关系，后来记载在十三世纪南宋数学家杨辉的著作里，被称为贾宪三角或杨辉三角。杨辉是杭州人，曾在台州做地方官，闲暇时喜欢研究数学，是"宋元四大家"之一。据说杨辉的一些数学发现，如幻方，正是在台州为官的时候，可惜我没有查到他的生平记载。

杨辉三角在西方被称为帕斯卡尔三角,帕斯卡尔是法国数学家、物理学家和散文家,他和印度数学家马哈维拉分别在十七世纪和九世纪独立地发现了这个秘密。如图,上一行两个相邻的二项式系数之和等于下一行中间的二项式系数。例如,4选2的方法共6种,它等于3选1(3种)和3选2(3种)的方法数之和。

$$1$$
$$1 \quad 1$$
$$1 \quad 2 \quad 1$$
$$1 \quad 3 \quad 3 \quad 1$$
$$1 \quad 4 \quad 6 \quad 4 \quad 1$$

无论如何,我都不曾料想,会因为摔三角把自己和母亲摔到了王林施村。也因此,我有机会在真正的村庄里生活了四年。我在母亲任教的王林施小学读书,她是这所学校唯一的公办教师,我们第一次成为校友。我们住在离学校相距十多米远的一个老太太家里，她的丈夫已去世，儿子当兵复员后在杭州工作，女儿嫁到了邻村。而原先的澄江中学虽说是在委羽山村，老师和村民们却是分开来居住的。

黄岩是蜜橘之乡，王林施村并非蜜橘的原产地，但盛产蜜橘，原因可能在于永宁江绕村外流过。这里因为离海门不远，到东海也不过二十多公里，每天两次的潮涨潮落带来咸涩的海水，江水有着与东海一样的浑浊颜色，与从上游流下来的山涧溪水交汇，经年累月地浸润着两岸，使得王林施村的土地适宜于蜜橘的生长。这里的蜜橘果皮呈橙黄色或红色，果肉柔软化渣，甜酸适口。

说到黄岩蜜橘，栽培历史可谓悠久，黄岩是世界柑橘始祖地之一，也是中国优质柑橘生产基地。史书里记载，公元三世纪，三国东吴时就有了黄岩蜜橘，唐朝时黄岩蜜橘被选为贡品。世界栽培面积最大的宽皮柑橘品种——温州蜜柑的先祖本地广橘就出自黄岩。

民国时期，黄岩商业和交通日渐发达，柑橘业也逐渐兴盛，本地产的早橘、朱红开始运销上海，人称"黄岩蜜橘"，从此声名远扬。我出生前的 1962 年，黄岩蜜橘产量便已过一百万担（每担一百斤），1994 年，黄岩蜜橘产量接近十三万吨。除了早橘、朱红，黄岩还有本地早、橙橘、乳橘等品种。

　　在我的记忆里，早橘果实扁圆，朱红小而甜蜜；本地早皮薄而光滑、汁多有香气；橙橘个大皮粗，吃起来过瘾，且耐贮藏。在我看来，判断一个人是否是黄岩人，可观其如何剥皮。我们一般用十字法，即垂直方向两次分开，使之四等分。吃完橘子后，果皮仍是一个整体。而外地人则剥光橘皮，果实是个整体，橘皮却成碎片。

5. 青蛙在橘树林里自投罗网

说到柑橘，荆楚大地无疑更早拥有，战国时期大诗人屈原的《九章》第八首便是《橘颂》。这是一首咏物诗，表面上歌颂橘树，实际是诗人对自己理想和人格的表白。开头四句是："后皇嘉树，橘徕服兮。受命不迁，生南国兮。深固难徙，更壹志兮。绿叶素荣，纷其可喜兮。"屈原被奉为爱国诗人，此诗是最好的证明，那时他可能正出使齐国。"生南国兮"没错，但"受命不迁"似乎有误。

事实上，至迟到了晚唐，温（州）台（州）地区所处的柑橘便因品质超众而广受青睐，乾宁四年（897）始作为贡品进献。在北宋宋祁、欧阳修等人编撰的《新唐书·地理志》中，有记载"台州土贡乳橘"。第一首写黄岩蜜橘的名诗是本土诗人左纬（约1086—约1142）的《过友人居》。

> 试问春蚕第几眠，柳条如线雨如烟。
>
> 池蛙相应昏昏月，海燕初归漠漠天。
>
> 卒岁未妨资橘柚，余生应只付林泉。
>
> 他时卜宅如相近，且种壕头十亩莲。

这首诗描述了卧睡的春蚕、雨中的柳丝、池塘中蛙儿的鸣叫，以及北方初归的燕子；表达了作者对自然的观察和对山林泉水的喜爱，希望余生能在自然中度过，种植莲花于宅邸附近。全诗流露出内心的宁静和自得，唯有第三句前半"卒岁未妨资橘柚"，写的是来年继续种植柑橘和柚子的愿望。左纬号委羽居士，终身不仕，他是第一个诗名远扬的黄岩诗人，三个儿子和三个孙子相继考中进士。

南宋定都临安以后，台州成为辅郡，建炎年间，黄岩乳橘继唐代之后再次被列为贡品。"一从温台包贡后，罗浮洞庭俱避席"，这一诗句出自绍兴年间台州知府、江西南丰人曾惇笔下，说明黄岩乳橘品质已超洞庭（湖南）与罗浮（广东）的老牌名橘。"有林皆橘树，无水不荷花。"这联诗句，出自南宋事功学派集大成者、温州瑞安人叶适，相传他晚年定居黄岩螺洋（今属路桥）。

柑橘贸易的发展，带来了财富，柑橘种植成为黄岩支柱产业。"千艘飞过石头城，猎猎黄旗发鼓声。中使面前传令急，江南十月进香橙。"这首《舶上谣》出自明代黄岩诗人王弼之手，描写了贡橘发运时的繁忙景象。明代有两个王弼，十四世纪的王弼是安徽定远人，朱元璋手下将军，后被朱处死。十五世纪的王弼才是诗人，他出生在黄岩南门，另有一首《送林新国还黄岩》传世。

王弼（1449—1498），号南郭，1475年进士，历溧水知县、刑部员外郎、福建兴化府（今莆田市）知府等，著有《南郭集》。诗中所写的石头城并非南京，而是指黄岩，只不过南京的名气大，黄岩的绰号逐渐被人遗忘。十六世纪的旅行家徐霞客喜欢台州，宁海（今属宁波）是他的游记出发地。路过黄岩时，也留有诗句"未解新禾何早发，始知名橘须高培"。

黄岩和台州地处沿海，通过港口贩运柑橘十分便捷。清道光年间，温岭女诗人戚桂棠的《新设家子海防暑歌》写道："双崖夹峙凌高秋，一水东分大海流。贾舶乘潮集如蚁，贩柑不远来东瓯。"诗中的东瓯指黄岩，其时海门港在家子（葭沚），贩橘的商船竟如蚁集，可见贸易的兴盛。同治年间，黄岩橘商罗大川用帆船装运朱红至平湖乍浦橘行，再转运上海和苏杭等地，众人纷纷效仿。

我小时候，黄岩蜜橘非常便宜，每斤只有几分钱，最贵的樱橘也只有一毛多。更廉价的是橘叶，有时周末下午，尤其是头天刮过大风之后，母亲常常会差遣我去橘林里捡橘叶，晒干后可以当柴火。那时村里没有通电，自然也不会有煤气。我们和施奶奶共用一个灶台，有两个灶位，一大一小两口圆锥形的铁锅，可以用来烧饭和做菜，旁边还特意砌了带木盖的小圆柱形灶，用来烧洗脸水。

捡橘叶是橘乡黄岩特有的活计，需要带上两只麻袋或箩筐、一个簸箕和一根扁担。因为这个活计有些无聊，我每次会约上一两个同伴，大家蹲在相邻的树下捡拾，相互聊天。最好玩的事是，橘林里常有蓄水的壕沟，水不满的时候，会有青蛙蹲在离岸半米处的水边；我们会带上一个自制渔网，套在一个铁丝圈里，同伴用手在对岸指点青蛙位置，然后猛然甩网下去，青蛙急忙逃生，结果自投罗网。

青蛙是两栖动物，头部略呈三角形，眼大而凸出，前肢指端钝尖，后肢趾间几乎全蹼，在我国东部很常见。2009年，英裔美国物理学家戴森发表了一篇随笔《青蛙与飞鸟》，强调有些人是飞鸟，有些人是青蛙。飞鸟在高空翱翔，俯瞰广大的领域，他们善于统一我们的思想；青蛙生活在泥沼中，只看到附近的花朵，他们在一段时间里只解决一个问题。我们大多数人是青蛙，庄子就有"井底之蛙"之说。

2005 年，黄岩举办橘花诗会。我受邀驱车参加，还带着南非诗人罗伯特·贝洛伊德。我和罗伯特相识于德班的非洲诗歌节，他毕业于剑桥大学，也曾在加州大学伯克利分校攻读文学博士，那年他应邀来浙江大学担任英语外教。后来，罗伯特成为我第一部英文诗集《幽居之歌》的译者。在黄岩期间，我们曾驱车到宁溪古镇，那是我外公外婆的祖居地。

诗会期间，组委会陪诗人们参观了新建的中国柑橘博览园，是在头陀镇断江村——中国宽皮柑橘发祥地。断江地处永宁江中游，河道在此拐了一个大弯。宋《嘉定赤城志》有记载："乳柑，出黄岩断江者佳，他如方山下也有之。"元人林昉在《柑子记》中写道："台之州为县五，乳柑独产于黄岩。黄岩之乡十有二，而产独美于备礼之断江，地余四里，皆属富人。"

断江对岸是澄江街道的山头舟村，水流湍急，过往船只常常出险。从前永宁江上有十几个渡口，唯断江渡最险，时有翻船事故发生。1597 年易渡建桥，后桥圮，多次重建不成，便又恢复舟渡。1822年建成浮桥，1939年命名为山头舟浮桥。我父亲养牛的农场和我最初上小学的新岙村，正是在浮桥的那一头，与断江同属头陀镇。

如今，断江和山头舟村之间已建成水泥大桥，我小时候走过的浮桥已成记忆。原本断江村濒江倚山，肥沃的冲积土壤深厚且通气性好。正如前文所说的，来自上游的山涧溪水和来自海洋的江水交汇，富含柑橘生长所需的有机质和矿物质微量元素，出产上好的柑橘。后来，随着下游三江口水闸的修筑，永宁江变成了水库，柑橘品种逐渐退化。取而代之的，是椒江干流灵江流经的临海涌泉产的蜜橘。

6. 看见船尾舵我想到了大海

台州濒临东海，每年夏秋的台风肯定是少不了，小时候我还以为台风就是台湾刮来的大风。如果赶上大潮季节，王林施村的码头会掀起阵阵巨浪。那时候渡船自然停歇了，渔民们也全部返航了。有一次，潮水漫过了堤岸，把全村都淹没了，幸好施奶奶家的地基有半米多高，但下面的晒谷场一片汪洋，邻居坐在大木桶里，划水前来串门问好——是那种池塘采藕用的木桶。

还有一次，一场强台风过后，有人溺水而亡。得知消息后，我瞒着母亲，偷偷与小伙伴去码头上看。那具尸体是从海上漂来的，也不知后来派出所查到他是哪里人没有。我还隐约记得，王林施村邻居家里养的猪曾被人投毒致死，那一幕在多年以后我得知清华女生朱令被投毒时，再度浮现在脑海中。

当然，更多时候永宁江水带给我的是美好的回忆。有一艘载客的小火轮每天一次从黄岩城里开来，去往海门，并在当日返回。它会在王林施村停靠，下来和上去几位乘客，但因为码头附近的水位太浅，故而不靠岸，而是渡船在江中对接。我有幸和母亲坐上小火轮去县城几次，但从未乘船去过海门。有时候，我会依照潮水变化的时间，走到码头上，静静地等候小火轮的到来。

与流经院桥镇和樊川小学的那两条小河不同——它们是内河，流动缓慢，永远是那样安静，且总是朝着一个方向。永宁江，尤其是下游就不同了，大海的波动赋予它野性和变幻。有一次我去码头刚好是退潮时分，有一艘船在涨潮时分靠的岸，巨大的落差使其露出船尾舵。那是我第一次见到，不规则的四边形舵叶留给我深刻的印象。

船尾舵又叫船舵，是用来操纵和控制船舶航向

当然，更多时候永宁江水带给我的是美好的回忆。有一艘载客的小火轮每天一次从黄岩城里开来，去往海门，并在当日返回。它会在王林施村停靠，下来和上去几位乘客，但因为码头附近的水位太浅，故而不靠岸，而是渡船在江中对接。我有幸和母亲坐上小火轮去县城几次，但从未乘船去过海门。有时候，我会依照潮水变化的时间，走到码头上，静静地等候小火轮的到来。

的，一般位于船尾，通常由舵叶和舵杆组成，后者用来与船身连接。舵是由桨演变而来。桨不仅推进船只，也兼顾控制航向。当众多桨手划船时，就专设一名桨手控制航向，他位于船尾，就像现在的龙舟比赛。后来，随着船体加大，桨叶面积逐渐变大，就有了船舵。

在英国科技史家李约瑟博士所著的多卷本《中国科学技术史》中，写到了中国古代的许多技术发明，如独轮车、铸铁、河闸、瓷器、弓形拱桥等，以及王林施村能看到的活塞风箱、风筝、竹蜻蜓、龙骨车、石碾、提花和船尾舵，均比西方的同类发明要早四至十五个世纪。这其中，活塞风箱和提花在施老太太家里就有。

我对活塞风箱印象深刻是因为，拉风箱是母亲和施奶奶做菜烧饭时我干的体力活。木制风箱内部有一个活塞，它通过压缩空气产生气流，使得炉火旺盛。所谓活塞是一块能前后运动的木板，木板四周打上许多小孔，穿入的麻绳捆扎上一圈鸡毛。通过连续推拉连杆使活塞木板在箱子里往复运动，产生的风力从出风口吹出——那里有一个活门，它的作用是保证无论活塞板是推进还是拉出，都把风由内向外吹出。

提花是妇女们做的活，施奶奶虽说是小脚女人，牙齿几乎掉光了，却是织布能手。她用的是梭子机，脚踏着机器，靠几个两头削尖的长方形梭子把不同颜色的丝线织成带子。通常是蓝色、白色和黑色三种。织出来的大多是对称的几何图案，如长方形、三角形、菱形等的组合，很少有圆弧或其他弯曲的图案，后者在古埃及壁画里常见，例如，用来在水井里打水的装置。

施奶奶不常织布，有人定做时才做活，织得最多的是系婴孩的背带，那通常用在年轻母亲的胸前背后。换句话说，当她开始织布时，就意味着村里又有妇女要生孩子了。这时候我发现，施奶奶专注工作时与平常判若两人。施奶奶年轻时是个美丽的女子，她同时也是有福之人，因为儿子每个月都会从杭州给她寄来五元十元的零花钱。

相比之下，王林施村码头上见到的船尾舵最让我兴奋，它让我想起了大海。事实上，1954年广州出土的东汉陶船距今已近两千年，虽只是小模型，但应有尽有，尾部正中有一只舵。从世界范围来看，它也是最早的舵（到了十二世纪末，相当于我国南宋时期，西方教堂雕刻上才出现欧洲最早的舵），有人推测它是第二次十字军东征时引进的。1974年，泉州海边还出土了一艘南宋末年的海船。

公元229年，东吴统帅孙权在武昌称帝，正式宣告魏、蜀、吴三国鼎立。据《三国志》记载和有关专家的论证，翌年二月，他便派遣将军卫温、诸葛直率一支由三十余艘舰船、一万余名军士组成的船队，从章安县（县治在今椒江区章安街道）启程，到达夷洲（今台湾地区），其时台湾是少数民族居住地。台湾之名则源于台湾南部少数民族"台窝湾"社的社名，意为滨海之地，直到明朝仍仅指台湾南部。

这次航海是在郑和下西洋前1170多年，比哥伦布出发去寻找新大陆更是早了1260多年。当然，台湾海峡只是比英吉利海峡宽些而已，但成为首航台湾出发地仍让故乡台州人民感到骄傲。据说有一天退朝以后，孙权与大将诸葛直谈论历史，说起秦始皇入海寻仙之事——嬴政做皇帝后，渴望能够长生不老，遂派遣徐福带五百对童男女入海，寻找长生仙药。

据说徐福来到夷洲，那里四季如春，如仙境一般，但长生不老之药本是世间无有之物，自然无法找到。"到底有没有夷洲呢？"孙权问道。"有，《禹贡》里有记载。"孙权找来《禹贡》，果然有记载夷洲，于是他决定派人去。但这项差事并不好做，第二年，卫温和诸葛直带着数千吴国士兵和高山族人回到吴国，却因"违诏无功"下狱，随后被诛杀。

吴太平二年（257），此时吴国主是孙权少子孙亮，分会稽郡置临海郡，郡治在章安，管辖今天台州、温州、丽水三市全域以及闽北一部分。有一部叫《临海水土异物志》的书，既是临海郡的地方志，又是记载台湾历史的最早著作。全书虽已散佚，但宋《太平御览·东夷传》引用了部分，得以流传。这部异物志的作者沈莹（？—280）官拜左将军，据有关专家学者推测，他曾随卫温大军首航台湾。

《临海水土异物志》对夷州的社会状况、风土人情叙之尤详，而关于高山族先民、古越人以及两者之间相互关系的史料也极为珍贵。从书中可以看出，当时夷州人处于母系氏族公社阶段，婚姻上是从妻住的对偶婚，生产工具则以使用磨制器和骨角为主。沈莹曾任丹阳太守，死于280年晋灭吴之役。专家怀疑其曾任临海郡守，却无从考证，如同无法考证王羲之是否出任过永嘉郡守一样。

多年以后的一个春天，我从杭州坐高铁去宁波，窗外忽然下起了大雨，玻璃上一片白茫茫的水雾，仿佛是杭州湾的海水涌来。多看看大海会增加人们的想象力和浪漫情怀，晴天的蓝色的大海无疑更加迷人。由于水文地质的原因，江浙沪的海水是浑浊的，市民们很少有眺望大海的愿望（同样的原因，他们特别向往四川阿坝自治州九寨沟那样的风景），故似应倡导大家多看雨天的大海——雨中的大海和夜晚的大海，全世界都是一样的。

第二章　天真、美味和地图

7. 八大样板戏之京剧《海港》

在老黄岩县总工会旁边的大寺巷，有一座三十多米高的石塔，那便是始建于东晋永和年间，清乾隆年间重建的庆善寺宝塔。唐代天宝三载（744），鉴真和尚欲第四次东渡时曾来此小住，他本打算去章安雇船出海，结果被黄岩县令得知，赶来劝阻。在县南的禅林寺（今路桥香严寺）讲学并滞留十余日以后，鉴真被官府送回到了扬州。

假如这位县令能够鼓励并帮助鉴真东渡，必定会名留青史，也会使海门港扬名。但他为保乌纱帽，奉命挽留了鉴真。原来，扬州龙兴寺的鉴真弟子出于爱师之心，唯恐鉴真东渡"沧溟万里，生死不测"，遂与各寺执事僧一起上书江南东道采访使，请求阻留鉴真东渡日本。直到十年以后，即754年，鉴真第六次东渡才告成功，开创了中日文化交流史上的一个重要篇章。

鉴真不顾危险和官府阻拦，六次东渡的勇气令人钦佩，堪比七个多世纪以后哥伦布的远航。至于他是否在到达日本之前已双目失明，则存有争议。2007年，我在大阪参加第五次中日数论会议之后，专程前往奈良，祭拜了他圆寂的唐招提寺，那是在东郊的乡野，整座寺庙的建筑较好地保留了唐代风格。十七年以后，我举家再度去奈良，看到身着红色袈裟的鉴真塑像装进了一座房子，游人只能透过玻璃在门外观赏。

虽说我在王林施村的四年时间里，一直没有机会乘小火轮沿着永宁江—椒江去海门，却在一部电影里看见了一座大港——上海港。那是在1972年由上海京剧院演出，谢铁骊和谢晋联合执导的八大样板戏之一的《海港》，说的是社会主义中国与第三世界兄弟手拉手、心连心，努力完成伟大领袖所说的国际主义义务的故事。

《海港》系依据淮剧《海港的故事》改编，原本讲的是人民内部矛盾，京剧里变成敌我矛盾，由李丽芳主演，诗人闻捷等编剧，后者与作家戴厚英的爱情故事令人唏嘘。

紧张忙碌的海港码头，一批又一批稻种和小麦送入船舱，即将作为援建物资跨越重洋，送给兄弟国家。装卸工人干劲十足，争分夺秒，热火朝天，大家都有当家作主的自豪感。

然而，青年工人韩小强却对自己工作的重要性认识不足，他精神萎靡，敷衍了事，于是工作中难免出现差错。与此同时，潜伏在革命队伍里的钱守维偷偷地将玻璃纤维混入小麦中，妄图抹黑中国的国际形象。在这个关键时刻，装卸大队党支部书记方海珍一方面教育韩小强，同时与钱守维展开针锋相对的斗争，她带领大家连夜翻仓，查清散包，追回错包，胜利完成援外任务。

码头上的一辆辆大吊车、一艘艘巨轮让人羡慕。

但说实话，可能是缺乏精彩唱段的缘故，在八大样板戏中，《海港》获得的关注度相对较低，远不如同是京剧的《红灯记》《智取威虎山》《沙家浜》《奇袭白虎团》，也不如芭蕾舞剧《红色娘子军》《白毛女》，《沙家浜》还被改编成交响音诗，故而八大样板戏实为七个剧目。

正是电影《海港》的缘故，我开始对世界各大港口感兴趣，依据世界地图，在笔记本上记下它们之间的距离。例如，上海至横滨1050海里、至海参崴1000海里、至温哥华5110海里、至哈瓦那9510海里，广州至新加坡1530海里、至珀斯3600海里、至达累斯萨拉姆5530海里、至马赛8030海里，等等。对这些数字包括换算成公里的数字，我有一种天生的亲近感。果然，多年以后，笔记本上的这些港口被我逐一探访。

幸亏有露天电影，我们才有机会在乡村看到这些样板戏。当然，一般人更爱看的是故事篇，而男孩们尤其爱看打仗的电影。对我个人来说，印象最深刻的是《南征北战》《渡江侦察记》《奇袭》，每一部我都反复观看过，有时是在一个村庄看过，第二天又跑到另一个村庄去看。回想起来，这几部电影对我的吸引力并不在于政治或军事意义，而是其中的某些细节。

《渡江侦察记》由归国华侨汤晓丹导演，孙道临主演，讲述了渡江战役前夕，解放军某部李连长率侦察班探明敌人江防部署，协助大部队取得战役胜利的故事。我感兴趣的画面是，陈述扮演的国民党参谋长骑在三轮摩托车上，指挥追击截获军用卡车在前面飞驰的解放军，最后被一个个击毙，陈述的坐骑坠入悬崖并起火焚烧。

这是那个年代难得一见的枪战场面，戴眼镜的陈述的形象甚至让我想到了语文课上学过的成语"色厉内荏"。这个成语最早出自《论语》，意思是外表强硬，内心虚弱。公元前87年，汉武帝临终时，任命桑弘羊为御史大夫。汉武帝去世后，大将军霍光受诏辅佐昭帝，总揽大权。公元前81年，汉朝政府召集六十多个贤良文学（被举荐的青年才俊）到长安，开了一次盐铁会议。

会议一开始，贤良文学们坚决纷纷慷慨陈词，反对盐铁官营。桑弘羊痛斥他们："表面上看起来你们是那样气势汹汹，其实是最虚弱的……如果让你们管理国家，会把国家搞得一团糟。"盐铁会议后，盐铁官营等政策仍旧继续推行。与此同时，桑弘羊因结党营私、搞阴谋诡计和篡权颠覆，被霍光诛杀了。所以，私营官营，也不知谁对谁错。

真正让我感兴趣的是，这几部电影里都有这样的镜头：指挥官召集部下分析军事形势，布置作战任务。只见助手为指挥官拉开帷幕，一幅地图出现在军官们面前（也出现在观众面前），指挥官开始发话了。童年的我一直为此类场景吸引，以至于对地图入了迷。

后来有一天，我弄来一幅旧地图，把它钉在自家墙上，用一块黑布充当帷幕，邀几个伙伴过一过

指挥作战的瘾。正是对地图的痴迷，使得我在 1972
年 2 月美国总统理查德·尼克松首次访华回去后，
依照比例尺手绘了他的访华行程图，图上的中国城
市有上海、北京和杭州。之后，我又画了 1970 年代
访华的其他西方和亚非领导人行程图。那也是我后
来持之以恒的世界之旅的纸上预演，对我个人的意
义不言而喻。

8. 用头发"检验"沥青的黏度

　　至于晒谷场上看的外国电影，仅限于社会主义兄弟国家。相比朝鲜电影的哭哭笑笑，越南电影的飞机大炮，阿尔巴尼亚电影的莫名其妙，罗马尼亚电影最富浪漫情调，在表现男女关系方面尤为大胆，尤其由长影厂译制的《多瑙河之波》。为了从德军手中搞到一批军火，地下工作者托玛混进囚犯队，让港务局挑选去当水手。他把船长来哈依尔争取过来，一起除掉船上押运的德国兵，将军火送给游击队。

　　这部影片里最吸引人的一场戏是米哈依尔抱着新婚妻子在船头转圈、亲吻的情景。在禁欲主义盛行的年代，它引发的国人的私语不亚于演员汤唯的电影成名作，她的故乡恰好是黄岩邻县乐清。而多年以后的一个夏日，我从索非亚乘火车前往罗马尼亚首都布加勒斯特，经过多瑙河上的铁路桥时，仍不由自主地想起了这部影片。

可是，无论《渡江侦察记》里的中国第一大河扬子江，还是《多瑙河之波》里的国际河流多瑙河，都只是河流。不过，这两条河流与《海港》里的黄浦江一样，都是通向大海的，就像我生活的王林施村离大海不远，流过村边的永宁江日日夜夜生生不息。这些河流似乎有意诱引着我，指引我去远方。

时间到了1973年，我年满十岁，即将小学毕业了。考虑到家庭成分以及我父亲和自己的政治遭遇，母亲很担心我能否升入初中。虽然早在十六世纪前半叶，德国宗教改革领袖马丁·路德就提出了义务制教育的概念。1619年，魏玛共和国政府规定，六至十二岁儿童必须接受教育。三个世纪后的1912年，中华民国临时政府教育部颁布了《学校系统令》，也规定"初等小学四年，为义务教育"。

我母亲当年只上了四年小学就休学了——因为南田岛上的重男轻女思想。后来，她主要是通过自学才做上人民教师。幸运的是，我小学毕业那年浙江省破例举行了小升初考试，科目有语文和数学。那次考试成绩没有公布，但我母亲从内部获得消息，我的数学考了99分，是全澄江区第一名。因此，我顺利地成为了一名初中生，去到邻近的王林村念书。

五一劳动节前夕，王林施小学组织全校同学去城里唯一的电影院看电影，那是露天电影之外的一项福利，每年一次还是两次我已记不清了，那次进城看的是什么电影也忘了。但有一件事印象深刻，就是县城的主要道路之一——劳动路正在改造，从石子路变成柏油马路。只见滚烫黝黑的沥青浇在碎石铺成的路面上，然后用压路机压平，整条大街便连成一片了。

好奇之余，我也感到一丝怀疑，沥青真有那么牢靠吗？于是，看完电影之后，我悄悄地抓起一把沥青，烫得有点像刚煮熟的热鸡蛋，在两手之间来回交替，等到不那么烫了，才把它放到自己的额头上方。果然，沥青非常黏，它就粘在头发上，直到我们走回到王林施村，依然拿不下来。我只好用一把剪刀，把粘有沥青的头发剪了下来。

于是，我的前发梢上留下边长几厘米的长方形空缺，直到一个月以后拍毕业标准像，头发仍然没有长全。也正因为如此，加上一张稚气的脸，毕业照留下了我童年好奇心较强的最好证据。后来我了解到，沥青是由不同分子量的碳氢化合物及其非金属衍生物组成的黑褐色复杂混合物，是高黏度有机液体的一种，以液体或半固体的石油形态存在。

早在公元前1200年，人类已开始利用天然沥青，在生产兵器和工具时用沥青作为装饰品。苏美尔人将天然沥青覆盖在器皿和船壳上，并在黏土砖中用作黏合剂。公元1000年，阿拉伯人通过加热从天然沥青岩中提取沥青。在我国，最早的天然沥青矿在新疆克拉玛依乌尔禾镇，如今四川广元的青川岩沥青成了新技术、新材料研发的对象，杭州湾跨海大桥便利用这种材料铺设了路面。

1712年，一位希腊医生在瑞士发现了储量巨大的沥青矿。九年以后，他写成了有关沥青的博士论文。后来，沥青被运用密封屋顶防水层，但用沥青加固路面还很昂贵。1838年，普鲁士（今德国）汉堡出现了第一条沥青道路。大约在1870年前后，巴黎几乎所有的街道都铺上了沥青。

上初中时，王林村是王林人民公社所在地，离王林施村不过一里路，也就是五百米，相当于今天许多大城市里的人到最近的地铁站的距离。可母亲还是让我在学校吃午饭，大概是希望我多享受集体主义的生活，每天早晨上学前，她在我的铝合金饭盒里放好米，装进书包里。到校以后，先淘米，加上适量的水，放在竹子做的多层大蒸笼里，然后去早自修，通常是朗诵语文课本里的一篇文章。

上午最后一堂课结束的铃声响起，我们跑向食堂，从打开的蒸笼里寻找自己的饭盒，那情形很像机场的行李提领处，只是多了一团雾气。每个人的饭盒上都有记号，通常是刻着自己的名字。饭盒的形状有两种，一种是长方形，另一种像田径场，两端是弧形。至于菜肴，都是自己带的，食堂的师傅只给老师们做菜。母亲为我准备的，通常是萝卜头之类的，偶尔会有一两块红烧肉，有时只有一小瓶酱油或猪油，我也吃得津津有味。

王林中学是初级中学，同学来自全公社各个生产大队，每个年级只有两个班，两个年级总共四个班，也就是两百多位学生。开始上英语课了，任课老师却不识英文音标，至少是没教会我们。取而代之的是，我们用汉字的台州方言注音，例如，我们会在comrade旁边注上"康姆莱德"，在revolution旁边注上"兰佛鲁迅"，在proletariat旁边注上"普罗勒泰利亚"，等等。

印象最深的是语文、数学和音乐老师。语文老师兼班主任施梅娥是王林施村人，后来嫁到了王林村，做我们班主任时还是个新娘子。数学老师陈贵香是城里人，她的女儿是我们同学，外孙女后来考入浙江大学。有一次，她在外孙女的学生宿舍住了一个星期，祖孙俩挤在一张窄窄的床铺里。音乐老师张文黎那时是代课老师，她年方十八，刚从黄岩中学高中毕业不久，父母也是黄中老师。

多年以后，我见到过三位老师。张老师和我同年上了大学，退休后住在杭州，我们都在黄中子弟教师微信群里。我有时叫她文黎姐，她也像我一样喜欢旅行，曾两入西藏、三赴新疆，也曾去过青海的德令哈和黑龙江最北的漠河。还借去美国探望儿子之际，自驾到达佛罗里达州最南端的基韦斯特，那里曾是作家海明威和女诗人毕肖普的定居地，我自己在那条全世界最长的海堤上开了一半便折返迈阿密。

班长慧华还记得当年文黎姐教我们演唱的歌曲《北京的金山上》和《丰收歌》，前者依据一首藏族名歌改编填词，后者由石祥作词，傅晶作曲，郭兰英原唱。开头一节是：

麦浪滚滚闪金光，

十里歌声十里香，

丰收的喜讯到处传，

家家户户喜洋洋，喜洋洋。

9. 黄岩街上老馆店和沈宝山

我用头发"检验"沥青黏度的劳动路是黄岩县城南北走向的主要大街，它与东西走向的主要大街青年路相交于旧钟楼广场，那儿俗称桥亭头，还曾有新华书店。钟楼以南叫劳动南路，它通向委羽山，以北叫劳动北路，北端是大桥头，桥下是永宁江浑浊的流水，发往临海、杭州、宁波、金华等地的汽车从桥上经过。因此，劳动北路接近桥头时，突然升高了十多米。

除了沥青铺路，我还对劳动南路的两处地方印象深刻。一个是东侧的老馆店，另一个是西侧的沈宝山药房。老馆店是一家面店，母亲多次带我下馆子。虽只有一间店面，门口是烧水的炉子，但里头挺深的。我记得有光面、猪肝面和鳝丝面，面料分机器面和米面。光面就是清汤面，只有调料，没有肉类、海鲜甚或蔬菜，定价每碗一毛，猪肝面和鳝丝面分别是二毛五和四毛一碗。

多年以后，我才知道，台州最有名的面食叫姜汤面，它原来是流行于老黄岩的传统面食，其制作技艺现已被列入非物质文化遗产。从前，姜汤面是专给月子里的母亲享用的，面料也是米面，看起来料比面还多。那时的老馆店里应没有姜汤面，至少我没有看到过，近年我回乡探亲时发现，连街头小摊也有烧的。

做姜汤面通常要先熬上几个小时的姜汤，然后把姜片捞出来剁成末，加上虾皮、葱花、核桃末和芝麻之类的，与鸡蛋打在一起，倒入油锅里煎。与此同时，准备好肉丝、香肠切片、笋丝或茭白丝、香菇、黄花菜，还有蛤蜊、鲜虾、小青菜或菠菜、豆腐皮等，反正你喜欢吃什么就放什么。等把前面几样炒得差不多了，放入黄酒翻炒，再倒入熬好的姜汤。

煮好以后，再放上米面，最后放小青菜、鲜虾、蛤蜊和豆腐皮。如此烧制出来的姜汤面，味道确实鲜美。而这个美味，离不开海鲜，离不开劳动路北端的永宁江以及与之相通的东海里捕获上来的鲜虾和蛤蜊。与蜜橘美味的丧失不同，在永宁江水截流变成淡水之后，烧制姜汤面的海鲜仍然可以从下游的椒江或东海里捕获。

再来说说沈宝山药房，我跟母亲进城时，她偶尔会去这家药店抓一把中药。我记得那些方格子小抽屉，里面放着各种各样的中药，就像大学里的教师信箱。那时候台州还没有电视，多年以后，我在李保田主演的电视连续剧《神医喜来乐》里，看到药房里的那些方格子。至于沈宝山药房是一家百年老店，我是过了很久以后才知道的。

清光绪六年（1880），宁波人沈可田在黄岩创办了沈宝山药房。沈是慈溪三北沈师桥村（今属观海卫镇）人，祖上以商传家，在各地开设的药行、钱庄、南货店、棉花店等共有十余家，多数与人合作，而宝生药行由他独资经营。宝生药行在宁波老江桥西边的药行街，那儿是浙东著名的药材集散地，吸引了全国各地的药材采购商。

有一天，宝生药行的老客户沈寿朋来找沈可田，说自己年过花甲，精力不济，有心想把他开在黄岩的"沈茂森药店"转让，若沈老板能接受，愿以最低价出让。沈可田有心购买，找来同宗兄弟沈思卿商量。沈思卿见多识广，极力支持此举，很快他们便和沈寿朋拍板敲定。于是，兄弟两人拿出四千块银圆张罗黄岩药店。他们想到台州山川秀丽，富如宝山，便起新店名为"沈宝山"。

说到慈溪人，药业和药店是他们的传统行当。北京同仁堂的创始人乐显扬便是慈溪人，康熙八年（1669）他在北京创办了同仁堂药室。乐氏是铃医后代，铃医是指旧时游走于民间乡里卖药治病的行医者。他在清皇宫太医院担任出纳文书的吏目，其间收集了许多秘方、古方、民间验方及祖传秘方，去世以后，他的子孙继续经营同仁堂。

1808 年，即沈宝山开业七十二年前，另一个慈溪人叶谱山在杭州望仙桥直街创建了最早的药店——叶种德堂。旧时望仙桥直街是城东最热闹的大街，浙东上八府的人来杭，在望江门外码头上岸后，进望江门便是望仙桥直街，过直街，穿鼓楼，便是河坊街。店名取自苏东坡的诗《种德亭》，诗中有佳句"名随市人隐，德与佳木长"。叶种德堂自开业以来，直到 1958 年并入 1874 年创建的胡庆余堂，刚好一个半世纪。

话说沈宝山自 1880 年初夏开业以来，因地制宜，货真价实，服务于黄岩，社会上反响不错。为了立足生根，沈宝山发起组织黄岩宁绍同乡会，并出资重修柏树巷药王庙宁绍会馆旧址。同时，沈宝山给委羽山大有宫捐赠白铜包柱对联。沈宝山诚信立店，赢得了百姓的信任，也在黄岩药界产生了很大影响。

时间来到了 1926 年，创始人之一的沈思卿过世，沈可田也年逾古稀。沈宝山在历经四位经理之后，到了一个转折点。经四处探听，多方物色，沈可田发现宗侄中有一个在富阳祥和坤药店任经理的沈潮增。他家三代操持药业，二十一岁即为经理，有二十余年药店经营经验。沈可田风尘仆仆赶到富阳，一见面便觉得这位中年汉子可以委以重任，是沈宝山药店未来的希望。

沈潮增也听说同宗在黄岩开药店的事，虽然两边都是药店经理，在富阳是驾轻车就熟路、无风无险，但也无大的作为，到黄岩沈宝山，家大业大，能有所作为。沈潮增经过一番思量，最后点头答应。沈可田高兴极了，紧握住沈潮增的手："我将沈宝山交给你了。"沈潮增也激动地说："三年为期，请观成效，否则我自愿告退。"

沈潮增一到黄岩就找老店员了解情况，并分析前几任的经验和教训。三个月后他理出了头绪，胸有成竹地进行了一系列改革，制订"店员守则""值柜须知"。药店悉遵古方，精选道地药材，潜修丸散，精煎鹿胶和驴胶。1929 年，沈宝山的白茯苓红花荣获了首届西湖博览会特等奖。白茯苓有健脾利湿、增强人体新陈代谢的功效，红花可起到治疗心血管和降压作用，在美容方面也十分有效。

自辛亥革命起，沈宝山当街悬宰"仙鹿"（至 1953 年被迫取下），配制百补全鹿丸，观者如潮。1932 年冬，沈宝山遭大火。沈潮增筹集资金，重建新屋，进行二次创业。抗战期间，日寇两次过境，沈宝山均遭抢劫，损失惨重，沈潮增父子设法重新营业。1995 年，沈宝山载入《中国老字号药业卷》，被国务院命名为"中华老字号"。2009 年夏天，沈宝山新址落成，典雅精致，尽显老店风貌。

10. 临海，千年府治和王士性

我上初中那会儿，已经画过六位外国领导人的访华行程图，除了美国总统尼克松，还有斯里兰卡总理班达拉奈克夫人（1972年6月）、日本首相田中角荣（1972年9月）、法国总统蓬皮杜（1973年9月）、坦桑尼亚总统尼雷尔（1974年3月）和英国前首相希思（1974年5月）。1975年寒假期间，我突然心生一计，决定也为自己的出游手绘旅行地图，前提是必须离开黄岩县。

那年春节前夕，我随王林施村村民徒步去了相邻的临海县杜歧村赶大集。所谓小集是按农历三六九每十天三回的王林村农贸集市，有时赶上周末，我会随母亲一同去采购。大集就不同了，一年才三天，时间是在腊月小年前后。为了看这个热闹，我们要走上将近两个小时。而那不是我第一次去，因为两年以前，我便曾去杜歧村赶大集，因此我把两次旅行画在了一起。

去杜歧村要过四个村庄，它们是王林村、下林村、净土岙村和下岙村，其中下岙村属于临海县。那时我自然不懂得"净土"这个词的含义，它是中国佛教八宗之一。哪八宗？一是法性宗；二是法相宗；三是天台宗，又名法华宗；四是贤首宗，又名华严宗；五是禅宗；六是净土宗；七是律宗；八是密宗，也即通常说的性、相、台、贤、禅、净、律、密。其中，性近于哲学，相近于科学，而台和贤近于文学。

净土宗亦称莲宗，祖庭是庐山东林寺和西安香积寺。此宗始于东晋慧远，他于太元十五年（390）在东林寺建白莲社。净土宗以三经一论为所依的主要典籍，其中一论是《往生论》，主要宗旨是以修行者的念佛行业为内因，以弥陀的愿力为外缘，内外

做姜汤面通常要先熬上几个小时的姜汤，然后把姜片捞出来剁成末，加上虾皮、葱花、核桃末和芝麻之类的，与鸡蛋打在一起，倒入油锅里煎。与此同时，准备好肉丝、香肠切片、笋丝或茭白丝、香菇、黄花菜，还有蛤蜊、鲜虾、小青菜或菠菜、豆腐皮等，反正你喜欢吃什么就放什么。等把前面几样炒得差不多了，放入黄酒翻炒，再倒入熬好的姜汤。

相应，引导修行者往生极乐净土。净土宗自中唐后开始流行，宋明后与禅宗融合，九世纪由天台宗僧人圆仁传入日本，如今有镇西派和西山派两大系统。

杜歧村是明代旅行家王士性的故乡，他出身书香门第，与父亲、三位堂兄弟均中进士。后曾任河南确山知县，礼科、吏科给事中①。因犯上被外派，历官四川、广西、云南、山东等地。晚年他在临海西部张家渡（现名括苍镇）象鼻岩创建白象书院，后卒于鸿胪寺卿任上，在明朝这是正四品，掌管诸侯及少数民族事务，如安排朝会、封授、袭爵及夺爵削土之典礼，等等。

值得一提的是，张家渡是英士大学校长许绍棣和科学史家许良英故里。许绍棣毕业于复旦大学，曾任上海大学教职、《上海民国日报》编辑、《杭州民国日报》社长。北伐时南下广州，任国民革命军后方总政治部秘书。1929 年任浙江省甲种商业学校

① 给事中是中国古代官僚体系中的一个重要职位，最早可以追溯到秦汉时期。

校长，1932年赴欧洲考察一年。回国后长期担任浙江省教育厅长，抗日战争爆发后，创办英士大学并兼任校长。

再来看许绍棣侄儿辈同村人许良英，他毕业于贵州时期的浙江大学物理系，深得老师王淦昌的赏识，留校任教，后被竺可桢指名调到北京。1957年他被划为"右派"，送回故乡张家渡接受劳动改造，当了二十年农民，其间翻译了《爱因斯坦文集》（三卷，后由商务印书馆出版）。1978年回到北京，任中科院自然史研究所研究员，主编了《20世纪科学技术简史》，儿子许成钢是著名经济学家。

说到科学史家，清代台州也出了一位，他叫周治平。嘉庆二年（1797），身为浙江学政的一代文宗阮元，在台州发现了精于数学和天文的周治平。阮元后来担任浙江巡抚，在西湖孤山创办了诂经精舍书院。阮元惜才难得，以周治平数学单科成绩优异，特许入学，将其招入。随后阮元主编了我国第一部科学家传记《畴人传》，被英国科技史家李约瑟赞为

"精确的科技史家"。

所谓"畴人"是指以天文算术为业的专家，尤其是父子两代相传的，例如南北朝时期的祖冲之父子。《畴人传》共四十六卷，收入280位传主，其中中国数学家243位，西方数学家37位。周治平和苏州人李锐是阮元的两大干将，可惜我们对台州老乡周治平所知甚少，阮元为《畴人传》所写的"凡例"最后提到："助元校录者，元和学生李锐，暨台州学生周治平力居多。"

元和是清代苏州府下辖的一个县，民国元年并入吴县，如今苏州相城区仍有元和街道。李锐师出"十八世纪中国最为渊博和专精的学术大师"钱大昕，李锐的入室弟子黎应南于道光十二年（1832）出任温州平阳知县。黎知县精于数学，曾创立"求勾股率捷法"，在任六年间，除了勤于政务外，一直坚持算学研究，其身体力行的精神在平阳读书人中产生了较大影响。

正因为如此，平阳后来才有姜立夫、苏步青、杨忠道、姜伯驹、白正国等数学大家，乃至于影响到整个温州地区。参观过温州白鹿洲公园数学名人馆的人会发现，近百年来温州籍数学家两百多人，担任过名校数学系主任或数学研究所所长职务的三十多人；新中国成立初期，国内大学的数学系主任有四分之一是温州人。

王士性比明代另一个旅行家徐霞客早生四十年，他喜游历，又在多地为官，故而遍游名山大川，当时全国共十五个省，他游过十四个。这数量与徐霞客一样，只不过徐未到四川，而王错过了福建。每到一处，他都详细记述山川、气候、地貌、道路、农林特产、风俗、古迹、文化等自然和人文要素，并善于将两者结合研究，得出自然环境对于人的行为有决定性影响的结论。

例如，王士性将浙江分为泽国、山谷、海滨三大区域，从中分析了不同区域的人文和经济特性。在游览西湖时，他发现旅游是一个产业。此外，他对治理黄河、淮河、运河及漕运等提出一系列有创见的建议。十分难得的是，这位乡贤那时就以发展的眼光看问题，注意到我国经济、文化重心从北向南的转移，甚至提出了人与自然的关系或曰可持续发展理念等前瞻性的生态观点。

1980年代以来，学者们开始对王徐进行比较研究，已故的历史地理学家谭其骧称王与徐的成就在"伯仲之间"："从自然地理角度看，徐胜于王；从人文地理（包括经济）角度看，王胜于徐。"王士性记游文字淡雅清丽，可谓散文高手，同时他对方言学和地名学也有重要贡献。虽然他的事迹和故事，我在开始周游世界多年以后才获知，但这位四个多世纪前乡贤的存在似乎暗中给予了我鼓励。

作为千年府城，临海的城墙始建于晋代，长六千多米，有一千七百多年历史。公元978年，吴越国王钱俶为表忠诚"纳土归宋，毁各地城墙"。境内十三州中，唯有临海古城墙因其西南灵江段有防洪作用才得以保存，被誉为"江南长城"，并被古建筑学家罗哲文赞为北京八达岭长城之样板。

城墙脚下有一条千年古街——紫阳街，南北走向，长一千余米。紫阳或紫阳真人是道教南宗始祖张伯端的号，意为"紫气东来，阳光普照"。他是天台人，曾长期在府城临海为府吏，八十七岁那年，张伯端前往陕西安康修行悟道，暮年复归天台桐柏宫，九十九岁仙逝。小说《西游记》用了较多篇幅描写紫阳真人，讲他用一件五彩仙衣，救了朱紫国王后。

　　张伯端在安康的修行地如今叫紫阳，是全国唯一以道教名号命名的县。2012 年，继杭州清河坊之后，临海紫阳街也成为"中国历史文化名街"。沿街有许多古迹和商铺，基本保留了南宋遗风和明清时期的建筑格局。古街的商铺别具特色，商品琳琅满目，还有许多小吃。最有特色的要数那些古老的"坊"了。每隔百丈就有一堵坊墙，坊墙即防火墙，而坊名是地名。

11. 把温州和南田画进了地图

除了两次杜歧之行，我在六岁到九岁之间，曾三次去温州，其中两次是和母亲一起，一次是和兄长未名一起。这三次旅行，也在十岁那年被记录下来，那是根据母亲和我的共同回忆绘成。按照手绘地图，我乘坐的长途汽车从黄岩县城出发后，经过路桥、温岭泽国、乐清白溪，在清江第一次以汽车轮渡到乐清县城，再经过柳市、白象（午餐）到瓯江渡口，第二次以汽车轮渡过江到温州。

白溪是通往雁荡山的必经之路，后者主要位于乐清境内，部分位于永嘉和温岭。雁荡山因主峰雁湖岗上有结满芦苇的湖荡，年年南飞的秋雁栖宿于此而得名，是中国十大名山之一。它素以独特的奇峰怪石、飞瀑流泉、古洞畸穴、雄嶂胜门和凝翠碧潭扬名海内外，被誉为"海上名山，寰中绝胜""东南第一山"。

东晋诗人谢灵运、五代诗僧贯休、北宋学者沈括和徐霞客等都在雁荡留下诗词文章，当代画家潘天寿更是对雁荡情有独钟，青年时期便随吴昌硕一起到过雁荡，任教于杭州艺专（现中国美术学院）后，又曾三次来雁荡山写生，创作了许多传世佳作。潘天寿本是台州人，1897年出生在宁海，后者在历史上大部分时间隶属台州，直到1961年才划归宁波，此时他的生命只剩十年了。

我本人直到大学期间某个暑假，才与友人结伴首游雁荡。最近一次是2022年夏天，我在乐清图书馆讲座之余，在诗友陪伴下登临中雁荡山，并造访了四都乡梅溪村，那里是南宋状元、名臣、文学家王十朋故里。我才发现，王十朋祖籍黄岩宁溪，其十一世祖是唐末进士、农学家王从德，他曾任大理寺少卿，因避吴越国王钱镠之聘，由杭州施水巷迁来，为宁溪始祖。巧合的是，我外婆姓王，也是宁溪人。

温州是我童年唯一造访过的城市，也是唯一有交通岗哨和红绿灯的地方，虽说后来的旅行经历告诉我，交通岗哨和警察的存在并非文明的标志。我对温州印象深刻的除了码头，还有五马街和中山公园，前者宽度仅六米，可供五匹马并排通过，却是古代繁华之地，后者我曾在一次春节游园时与家人失联，独自返回小姨家中。

我后来才知道，温州人善经商，海外亲友众多，还有王羲之、谢灵运、杨蟠和永嘉学派这些文人墨客，原来永嘉（温州）太守多名士。更让我意外的是，我的南渡先祖蔡谟的长子蔡劭曾任永嘉太守，下一章我会讲到他。2019年秋天，蔡劭的墓碑在黄岩西部平田乡被发现。

而我有生以来的第一次出游，是在襁褓之中，母亲抱着我去象山南田岛外婆家。她与江苏江都四姨相约，一同去看望年迈的外婆。那幅手绘地图是完全依照母亲的回忆绘制的，去时走陆路，从黄岩北上，经过临海（台州地区行政公署所在地）、高枧（杭绍台与甬台温公路岔口），在岭口下了公路，不久就到了三门县城海游。

值得一提的是，"枧"同"笕"，是引水的竹管子，在南方常见安放在屋檐下或田间。杭州上城区有笕桥街道，是 1931 年启用的杭州老机场所在地，当年为了尼克松的波音专机顺利降落，笕桥机场的跑道被临时扩建。而三门从前隶属临海县，1940 年才立县，是台州立县最晚的，比南端的玉环县还要晚。

我们在海游街头吃了午饭，再乘车到海滨的健跳，那儿每天有客船开往象山高塘和南田。说起南田岛，民国初年曾是一个县域，包括高塘、花岙等周边岛屿，面积有 520 平方公里，远超岱山、嵊泗等海岛县，一度拥有鹤浦、石浦两座渔港。1940 年，南田县撤销，以此为基础，再分出临海、宁海的一些乡，设立了三门县，县治在海游。我见过父亲在台州中学的高中入籍卡，家庭住址栏写的是三门县南田乡。

1952年，原南田县的地盘又从三门县划走，并回到了象山县。也正因为如此，三门与南田之间亲友众多，才有了这条航线。因为太年幼了，我自然没有任何记忆，其中经停的花岙岛是明末抗清英雄张苍水最后被捕的地方。2014年正月，我携家驱车去黄岩探亲，归途拐了一个大弯，造访了海游和健跳，想看看当年乘坐过的海轮，没想到因为陆路运输的繁荣，一年前已经停运了。

那次我们在外婆家住了十来天，临别时母亲、四姨与外婆依依惜别，这是她们母女最后一次相见了。归途我们走了不同的路线，先是坐渡轮去石浦镇，在那里与四姨告别，然后坐海轮回海门。这条客运航线如今也不存在了，那应该是我第一次看见真正的大海，轮船绕过南田岛，穿过大目洋、猫头洋和隶属临海的东矶列岛，最后由台州湾进入椒江口。

对于视力正常的旅客，途中可以眺望隶属黄岩（今椒江区）的一江山岛，甚或台州列岛的大陈岛，而猫头洋之外的渔山列岛（隶属象山）已属于东海。一江山岛因为解放战争的一场海战著称，而大陈岛是"知识青年"最早插队落户的地方。多年以后，我有机会进行世界之旅时，仍努力遵循这一原则，即走成一个个圆圈。

有关外婆最感人的故事是舅舅告诉我的。1996年冬天，我到台湾彰化参加一个数学会议，在游览过日月潭以后，急切地到台北文昌街看望他老人家，并在他家中逗留了一个星期（其间在台大做了一场学术报告）。这是我们舅甥之间唯一一次相见和相处，舅舅只是偶尔与我谈及往事。舅舅是外婆的独子，自然也是她最宝贝的，被她亲自送去入读海军部雷电学校航海专业，1938年加入国民党海军，十年以后流落到了台湾。

舅舅送给我他的著作《操船学》，墨绿色的封面让我想起大海，那是中华航海界的一部名著，汇集了他毕生的学识和经验。此书系舅舅在香港船长工会讲习班讲授操船学课程时撰写的讲义，共分九章，包括离靠码头、海上施救、油轮操船、荒天操船、抛锚作业、系靠揽绳等，书中还有百余幅他亲手绘制的插图，如纽约港抛锚掉头运转图。

有一次，舅舅遭遇沉船事故时沉着应对，最后一个下船。因为他当时任职于香港招商局，故而还获得了英国交通部的嘉奖。为此，出版过《丑陋的中国人》的作家柏杨专门写了一篇文章《沉船与印象》，收入他的杂文集《暗夜慧灯》中。我返回大陆以后，舅舅写信给母亲和四姨感叹说："天上掉下来一个小外甥。"

话说舅舅到台湾不久，便从军队转业到了香港招商局的民用船队。两年以后，他思乡之情甚切，搭船到仍被国民党占据的渔山列岛，向往着从那儿返回南田与妻儿母亲团聚。但政治的阻隔迅速中断了他的回乡之路，他的一位少年同伴回来后被就地正法了。亏得外婆闻讯后雇一条小机帆船闯来，与舅舅见了最后一面。

那无疑是人世间最凄凉的一个夜晚，母子俩在岛上唯一一家小旅店里同床共眠，分享着生命中最后的亲情。那种生离死别是常人难以想象的，渔山列岛也成为我的梦中之岛。直到新千年的一个夏日，我终于乘坐一艘大功率的客船艰难地抵达，一路上呕吐不止，似乎是完成了一个不可能的任务。

更多凄凉的故事细节，我是后来才得知的。2024年初夏，我又一次访学香港，在香港大学、中文大学、科技大学和理工大学等校讲学间歇，也去尖沙咀看望表哥德曼两次。他1949年2月出生在南田，直到改革开放后的1981年，才因舅舅举家移民香港。翌年他去台湾探亲，才第一次见到亲生父亲。早已做爷爷的表哥告诉我，1951年他爸爸到渔山列岛，原本是想接他们母子去台湾的，但他母亲因为害怕，不敢去，才由外婆孤身前往渔山列岛。

12. 以棋会友我有了表演机会

在王林施村的四年时间里，我学会了游泳和下棋。游泳是在池塘里学会的，而不是在永宁江，实际上，即便我学会了，也从没有在那条浑浊而湍急的江里游过泳。村里的池塘都比较浅，到了夏天温度有点高，孩子们通常在下午五点左右去游泳。我和不会游泳的小伙伴在浅水里学狗刨式，偶然有会游的哥哥姐姐来教导我们。第一个夏天没有找到水感，第二个夏天才学会游泳。

如果说游泳是一个人的基本技能，那么下棋可以说是我的业余爱好，也是在王林施村学会的。母亲是我的启蒙老师，她教会我车马炮卒和将士象的行走规则，没过多久，她便心甘情愿地成为我的手下败将。施奶奶的家在王林施村的中心位置,门前就是晒谷场,也是播放露天电影的地方。我们屋檐下有一米来宽的石板通道,比地面高出半米多,是夏天村民们喜欢坐着聊天的地方。

聊着聊着,有人搬来一副象棋盘和棋子,在那里厮杀起来。象棋是两个人的对弈,但观棋的人也可以出主意,他们有的站在棋手后头,有的站在地下,最多时可以有五六个人同时观战。起初我也是观众之一,从只看不说直到参与其中。到后来,有人见我出的招数不赖,输棋或赢棋的就会让位给我。没想到,不到一年,我竟然打败了全村的棋手。

1975年初春,我和母亲离开了王林施村,来到永宁江对岸的江口公社山下廊村。母亲在江中做了一名会计,我则插班读初二。之所以转学是因为母亲担心我在王林中学升不上高中,而江口中学有高中部,正在建设中的新校区需要一名会计,姓卢的校长信任我母亲的品德,因此把她调过来,同时他保证我的高中升学。

就这样我们告别了生活四年的王林施村，乘渡船过了永宁江，向南走上三四里路，来到连接黄岩和海门的马路（椒黄公路）。我们沿着与通向县城相反的方向，向东再向南，来到了山下廊村。江口中学傍依着一条内河——东官河及其延伸段，那儿也有小火轮通黄岩和海门，它后面还拖着几艘客轮。果然，山下廊村有个路廊，里面有家小卖部，母亲常差我去那儿买酱油、醋。

没想到，我们的卢校长也酷爱下象棋，且是江口中学的高手，母亲得知以后，自然把我推荐给他。于是，一校之长（他的儿子是我的同班同学）和十二岁的初中生有过对弈，成为棋友，而且持续到了高中阶段。我们的战绩是四六开，我赢得多一些。1977年寒假，黄岩县体委举行全县象棋比赛，卢校长鼎力推荐了我，结果我代表澄江区去参赛了。

那次比赛有十位选手参加，我是唯一的少年棋手。比赛采用单循环制，我最后获得了第八名，但我击败了第二名，并差点逼和冠军。可是，我却输了不该输的两局棋，其中一位对手本已被我逼得走投无路，最后他使出一个阴招，妄图置我于死地。其实，稍微清醒一点的人就能看出，我本可以连续几招先将死他的，但我忙于寻找解救自己的方法，最后竟然推枰①认负。

那天晚上，刚巧是我们这盘棋在灯光球场挂大棋盘解说，引来了县城许多棋迷入场观战。大家一片叹息，还有的人说，如果我不是个小孩，那位棋手绝不会这么做的，毕竟是自取灭亡的一招。或许是事先得知我们的比赛要挂大棋盘解说，我心里有些紧张，才犯下这个致命的低级错误，而那位棋手取胜以后，最终获得了第四名。

无论如何，我第一次有了现场观众。虽说在此之前，我已经在江口中学的校田径运动会取得多项冠军（铅球、跳远和跳高），但毕竟是校内比赛，只

---

① 指棋盘。

有部分同学围观。更早一些时候在王林中学，我也曾经参加寒假的文艺宣传队，到各大生产大队演出，但那并非个人表演，我自己曾对报幕兼独舞表演的女生暗生情愫。

值得一提的是，我去县城参加象棋比赛时，未名刚好从他插队的黑龙江回黄岩探亲。我到体委报道前一天，他把我带到曾是黄中教师象棋冠军的父亲那儿，我和父亲对弈了两局，一胜一负。这是那次比赛之前唯一的热身赛，也是我们父子唯一一次对弈。更重要的，我有机会第一次面对面与父亲坐在一起，观察了对方。那会儿他已经年过半百，两鬓已有了白发。

初夏时节，台州地区少年棋类运动会在仙居召开，黄岩体委派我和另一位选手参加比赛。这是我第一次公费旅行。我们乘坐长途汽车，到临海以后，沿着灵江一路向西，在永丰镇，从天台流入的始丰溪汇入了仙居流来的永安溪，这也是永丰镇名字的由来。过了白水洋镇以后，便是仙居的地盘，那是我除黄岩、温岭、临海、三门之外到达的台州第五县，其时还没有开发出神仙居那样的美景，仙居给我的印象十分简朴。

这次比赛我的成绩同样不够理想，只获得第四名，而前三名才有资格参加当年秋天在绍兴举办的浙江省少年象棋比赛，那样的话就有机会看见火车了。但我也不能不满意，因为我从来没有看过棋谱，也没有名师指点。在我的手绘旅行地图上，这次旅行属于第九次，且注明回程费时七小时。而按照现今的高德地图，从仙居到黄岩只有75公里，不到一小时的车程。

第二年春天，黄岩体委给我父亲打来电话，再次邀请我代表黄岩参加地区少年比赛；但那时高考已经恢复，我有个光明的未来，父亲代我谢绝了。我也在那年考上了山东大学，并在上大学的路上在上虞第一次看见了火车，随后又在杭州第一次坐上了火车。我的下一个重要对手是我的导师潘承洞教授，他除了在哥德巴赫猜想研究方面两度领先世界，也是乒乓球、桥牌和象棋高手。

多年以后，我读到奥地利作家斯蒂芬·茨威格1941年在巴西写的《象棋的故事》，这是他生前发表的最后一部中篇小说，讲述了从纽约开往南美的一艘客轮上，一位业余国际象棋手击败了国际象棋世界冠军的故事，主题则是纳粹法西斯对人的心灵的折磨和摧残。为了写这部小说，茨威格特意买了一本棋谱，和夫人绿蒂一起把各种名局演示了一番，以便了解下棋的诀窍和棋手的心理。

而在我读研以后，也曾学习围棋和国际象棋，却没有投入太多精力，因此水平很业余，但这不妨碍我结交棋友。其中围棋的对手包括作家余华，我们曾在他北京鲁迅文学院的学员宿舍里下了一整天，唯一的观者是他的室友莫言。那天没有别的人打扰，那年我二十七岁，余华三十岁，莫言三十五岁。而因为贪恋下国际象棋，从亚特兰大到普罗维登斯，我与作家哈金校友的会面推迟了十二年。

平心而论，每个孩子都有自我表现的欲望，都应该有表达和表演的机会，他们有的擅长歌唱和朗诵，有的擅长绘画和演奏，还有的擅长田径和球类。幸运的是，我在人到中年以后，也不自觉地修炼出了一份才艺，那便是演讲或讲座，并以此作为数学和文学之外的第三种旅行方式，游遍了中国和世界各地。

第三章　大海、故乡和亲人

13. 温岭，新千年第一缕曙光

我读高一那年的劳动节前后，江口中学组织了一次全校师生的春游野营拉练活动，目的地是温岭县城。那是我中学时代最开心的一周，母亲和我们同行，但我是与同学们结伴，我们各自背着行囊，包括换洗衣服和毛毯等。两百多人的队伍浩浩荡荡，我们先是向东南方向走上十五公里，到达路桥镇后，参观了军用机场。记得我们每个人获准爬进一架战斗机的机舱里，感受了几秒钟。

路桥机场始建于 1955 年，原先是军用机场，改革开放以后变成了民用机场，先后改名黄岩机场（全国第一个县级民用机场）和台州机场。遗憾的是，我从未在路桥搭乘过飞机，后来唯一一次重访是读研期间的一个暑假，我被黄岩利民皮鞋厂队招募，到路桥与部队战士进行了一场友谊赛，结果主队以四比一获胜，我打进了挽回面子的那个球。

路桥是我国股份合作制企业的诞生地之一，也是中国日用小商品城。但那时与我同龄的路桥人李书福和我一样，还在学校里，很可能是在念初中。他出生在机场西侧的李家村，高中毕业后，用一百二十元干起拍照生意，后做过冰箱组装、装潢材料和踏板式摩托，1995 年创办吉利公司，三年后造出第一辆汽车。2010 年，吉利并购了瑞典沃尔沃。2020 年，吉利又成为德国梅赛德斯-奔驰公司的最大股东。

路桥机场东南方的洋屿村，是元末农民起义领袖方国珍的故乡。他身材高大，面色黝黑，力比奔马，世代以海上贩盐为业。方国珍第一个起兵反元，他率兵先后攻下台州、温州和庆元（宁波），洪武元年归降于朱元璋，被封为广西行省左丞，留在京师领食俸禄。后来他善终，葬于南京东郊，朱元璋亲自为他设祭。

比方国珍小十岁的陶宗仪是文史大家，出生地清阳陶村与洋屿村仅隔数里。他学识渊博，工诗文，善书画，有多篇作品被编入《永乐大典》和当代小学课本，成语"积叶成书"讲述了他的故事。他活到九十二岁，火柴的发明、缠足的故事和黄道婆的事迹有赖于他的文字记载流传。2023 年春节我回故乡时，曾去参观他的故宅，系由村民们集资建造。

参观过机场以后，我们继续向东南方向行进，再走上约十五公里，到达了温岭县新河中学。果然是一所老牌名校，只见校园里树木葱郁，还存有明代建造的文笔塔和古城墙。当晚我住在一间大教室里，两张桌子并成一张床，就像母亲她们的暑期政治学习一样。第二天，我们与新中的部分师生做了交流。那时我尚不知，新河是南宋江湖派诗人戴复古的故里。

2014 年秋天，我回温岭参加东海诗歌节期间，曾有幸做客新河中学，为全校老师做了一次讲座，又见到了以创办人命名的授智楼。

且说那次在新河中学逗留两晚以后，我们继续前进，可能是先向西再向南，经过了长屿硐天。倘若是先向南再向西，就会经过石桥头镇，镇旁的小岭下村是数学家柯召的出生地。他在故乡上过小学以后，经过亲友的推荐介绍，进入了杭州安定中学（今第七中学）。

　　那时从台州去杭州的陆路非常不便，十二岁的柯召是乘帆船从海上去的。1926年初中毕业后，柯召考入了厦门大学预科，等他入读厦大两年后，两位重量级数学教授姜立夫和杨武之相继离去，杨先生是杨振宁的父亲，后者当时和母亲一起陪伴父亲也在厦门。与此同时，鲁迅和林语堂等文科大家也离开了厦大。于是，柯召想通过考试转学清华大学。为了筹足路费和学费，他先回台州，在海门东山中学任教了一年。

　　1933年，柯召从清华大学毕业后留英，1937年获曼彻斯特大学博士学位回国，一直任教于四川大学并曾任川大校长（其间七年任教重庆大学）。他是中国近代数论的开创者之一，主要从事数论、组合数学研究，有爱尔特希-柯-拉多定理，1955年当选为中科院学部委员。1991年，我赴成都参加柯老八十大寿学术研讨会时，曾与老人家用家乡话聊天。

我们野营的最后一个落脚点是温岭中学。记得进城路上我们看见一座叫"石夫人"的山峰，传说她与我幼时去新畚途中所见的"石大人"之间有一段未了情。记忆里温中建在一座小山脚下，有清泉从山坡上沿着竹管（笕）汩汩流下。在温中逗留两晚以后，我和同学们便分开了，他们和老师们踏上归途，我则随母亲乘船去父亲老家。那是温岭城北的莞渭蔡村（也作观渭蔡），离开县城约有十里地。

莞是一种水上植物，而渭在古汉语里有河网之意。莞渭蔡没有山丘，我们的祖父和祖母都葬在三里外的楼旗。那里不仅有远近闻名的惠众寺，也是佛教的宝地，但那时母亲却不敢带我去祭拜，因为爷爷奶奶是地主和地主婆。楼旗山和楼旗尖风光秀丽，如今成了旅游胜地，在行政和地理上分属温峤镇和温峤岭，后者在历史上是海上名山，温州和温岭均得名于此。

那次我们见到了大伯和伯母，还有两位堂兄光宇和光宙及其家人。光宇毕业于师范学校，在中学当语文老师。光宇的儿子丹青是我的同龄人，他后来考入浙江农业大学（今浙江大学），毕业后回到台州。主要因为父亲的地主成分，母亲生下他不久便与父亲离婚了，父亲一个人把他带大。正因为如此，丹青的性格从小就比较内向，但他还是顺利地从大学毕业。

没想到的是，人到中年时，丹青遇到了一件不顺心的事，突然精神失常了，余生需要老父照顾。个人分析，这是孤独的童年造成的忧郁症的延后爆发。在王林施村我有个玩伴敏文，从小他的父母离异，家庭同样也有不幸的遭遇。多年以后，我遇见初中的班主任施老师，她告诉我，敏文中年时喝下了一整瓶敌敌畏。

2011年春天，我应邀做客温岭图书馆，专程看望了堂兄光宇，丹青在马路上等我，他依然认出了我。随后，我们去楼旗山祭拜祖坟，我终于有机会给爷爷奶奶扫墓，第一次知道爷爷的名字叫蔡贵文，奶奶的名字叫陈翠英。光宇还告诉我，奶奶曾在他面前自夸，蔡家的文脉源于她，不然怎么会有两个儿子读文科（指毕业于浙江大学外语系的二伯和毕业于北京大学历史系的父亲）。

2023年春节期间，疫情的大风暴刚刚过去，我举家驱车去温岭石塘，那儿是东海之滨和新千年第一缕曙光照临之地（另一处在临海与仙居交界的台州最高峰——括苍山巅的米筛浪峰）。女儿方思写了一篇推文，在她的公众号"所谓衣人"上发出，很快就有七千多人阅读，其中多数应是温岭老乡。等我们回到杭州，温岭档案馆的一位工作人员加了我的微信，给我发来我家民国年代的全家福，依然十分清晰，我终于第一次见到了爷爷奶奶的形象。一份意想不到的新年礼物！

14. 从莞渭蔡向西到平田乡

我奶奶老家莞渭陈村也属横峰街道，就在莞渭蔡附近，可惜我还没有去过，也没有联系卜陈家的亲人。但我认识浙大岩土工程专家、工学部主任、校学术委员会主任陈云敏院士，他是与莞渭陈毗邻的七份岸村人。2018 年，陈老师主持了数十亿经费的超重力离心模拟与实验装置项目，成为浙大"最富有"的教授。

陈教授比我年长一岁，在家里排行老三。他告诉我，因为哥哥姐姐都上了高中，按当时规定，他初中毕业后只能去农村劳动。1977 年恢复高考后，陈云敏考上了温岭县五七工农兵学校（市职业技术学校前身），他告诉我，他印象最深刻的老师之一是教数学的冯显扬，巧合的是，冯老师曾是我后来的母校——山东大学数学系的老师。

按照墓碑上的生卒年，我才第一次知道，奶奶死于1958年（在此之前爷爷已过世），前一年就是父亲变成"右派"的年份。我不知道其中有无联系，也不知道父亲有没有回乡送别奶奶，反正那年"大跃进"开始了，他也去了新呑农场种田养猪。无疑，那些年对父亲来说是灾难之年。

2014年秋天那次回温岭，友人带着我去看西塘村的蔡家祠堂。我才知道，莞渭蔡是一种俗称，也包括附近的方家洋、前洋、后洋和邱家岸村一带，现在属于横峰街道。蔡家祠堂有着五百多年的历史，门口立着一块石碑，是市重点文物保护单位。还有一块碑是纪念先辈蔡镐，他是南宋武榜进士，大儒朱熹的好友。

朱熹巡历台州时，命蔡镐和林鼎负责修建新河闸桥群，共有六座。这是为了航道疏通和农田水利建设的需要，闸桥坚固耐用，至今仍有四座保存下来，2006年列入全国重点文保单位，是温岭第一家。2023年春节那次温岭之行，我和家人去看了船闸，船闸相隔数里，其中有一座叫麻糍闸，麻糍正是前文提到的食物。

在蔡氏祠堂门口，我见到了远房堂兄逸梅。他已经退休，从前是信用社社长，喜欢写古体诗，对蔡家家史了如指掌，还送我一本《莞渭家史传略》，封面上印着象征好风水的"孤岩"，相传道士葛洪曾在此炼丹，正是它吸引了先辈。原来，我们家族的东晋南渡始祖叫蔡谟，来自陈留（今河南开封、商丘一带），最初落脚在黄岩西部紧邻温州永嘉的平田乡。无须讳言，那是我生命中的重要一刻。

蔡谟（281—356）是东晋名臣，五朝元老，官居侍中、兵部尚书，后因为不愿继续辅政而得罪太后，被贬为庶民，并有性命之忧，遂秘密投奔永嘉（温州）太守的长子蔡劢。一日风和日丽，蔡谟全家一路北上游玩，到达平田乡以后，发现这里山清水秀，是一处世外桃源，便筑屋定居下来，传宗接代至今，已经一千七百多年了。

2019 年夏天，我在台州图书馆讲座之后，在平田村民志勇的陪伴下，驱车前往平田村，果然山路弯弯，峰回路转。在平田村的入口，我看到一块木头做的牌子，上面写着"平田村的来历"：只因谟公在"清江里目睹环山带水之胜，乃筑室允藏"。到达村文化礼堂以后，我见到天福、天喜等四位年龄与我相仿的"天"字辈同代人，很是激动，方才知晓，我的名字不仅来自杜甫名诗《丽人行》的开头一句（我的生日恰好是三月三日）：

三月三日天气新，长安水边多丽人。

看来，父亲为我起名是一语双关。随后，他们拿出一大摞八开本的家谱，好多被虫子咬破了，幸好第一卷的前面几页完好无损，尤其是蔡家的"名行"和"字行"。它们不像有些家族以对联形式排辈且循环往复（例如数学家许宝騄的杭州许家是"学乃身之宝，儒以道得民"），开头十个名是"谟劭伯司恒熙之越复起"，十个字是"道勉贞克贵能笃进和存"。

父亲和我分别是第四十六代和第四十七代，即"显"字辈和"天"字辈，父亲的原名是显福，新中国成立后他觉得太封建，改名海南，意思是东海中的南田岛，那是他长大的地方。也正因为如此，未名并未按排行起名。轮到我时，他也是以双关语命名，并且从来没告诉我母亲和我。原先，"名行"和"字行"各有四十八个字，现在已经到五十多代，故而后来又添加了八个字。

令人惋惜的是，村里的两座古祠堂，蔡氏祠堂报本堂和纪念蔡谟的恩感寺都被拆毁了，后者在南宋淳祐三年（1243）重建时，黄岩籍宰相杜范亲自撰写了《重建恩感寺记》。我得到一份副本，文章从蔡谟父亲蔡克说起，而蔡克祖父蔡睦（曹魏尚书）的曾祖父正是蔡文姬的父亲、东汉名士蔡邕。

当年秋天，村民们在清理河塘淤泥时，发现了三块墓碑的残存，其中一块就是二世祖蔡劭的，上书"晋郡守蔡公劭之墓"，另两块是九世祖、唐代大理寺少卿蔡复振和二十二世祖的。《四库全书》上有蔡劭的记载，言其是蔡谟之子，晋穆帝司马聃时期（345—362）的永嘉太守。永嘉郡建于323年，是从临海郡分出的。墓碑上的文字似乎说明，平田在东晋时期或属于永嘉郡，而非临海（台州）郡。遗憾的是，蔡谟的墓或墓碑尚未找到。

两年以后，我应平田村本家村长蔡倩荣之邀，为平田村村口的牌坊撰写了一副对联，上联是"平畴沃野有奇峰"，下联是"田园景色无异梦"，开头两字联成"平田"，我请台州书法家孙逸之书写。其中，"奇峰"说的是平田村有一座旗峰山，又名灯盏山。虽然不能与桂林的独秀峰媲美，但也蛮秀气的，当年先祖蔡谟大概是喜欢这座小山，才在此居留下来的。搬到莞渭蔡已是第二十四代了，当时依然属于黄岩。

话说在莞渭蔡停留两天以后，我和母亲到横峰乘船经路桥去往海门。那次我为温岭行绘制的地图中归途是清一色的虚线，因为全走的水路。很久以后，我听老同学讲，那次他们从温岭回家也没有再步行，而是与我和母亲一样乘船。换句话说，上个世纪七十年代的温黄平原，也像杭嘉湖平原和宁绍平原一样，是江南水乡。

那次我们在海门停留了三天，住在母亲的一位朋友家里。母亲从前在海门文化馆工作过，所以有不少朋友，那三天我们的行程满满的，让我见识了母亲的社交能力。其中周承训老师还是江口中学的语文老师，他喜欢写古体诗，可以说是出口成章，每回他写出得意的诗词，会手抄几份，赠送给朋友和同事，母亲也会收到一份。

周老师比我父亲年长一岁，海门人，早年毕业于广州暨南大学文学院，后曾任海门区政府工商股长，海门区、黄岩县工商联秘书长，1958年转入椒江一中任语文教师，1970年代任教江口中学。离休后他回海门，曾任椒江诗词学会秘书长、老年大学诗词老师。从周老师那儿我第一次看到诗词赠阅现象，心想古时候的诗人便是这样；遗憾的是我母亲不会写诗，否则互相题赠那该十分有趣。

回想起来，我后来在山东大学读本科那会儿，每年秋天的学校田径运动会上，我都会写几首五言七律的打油诗交给广播室（通常会被选中播出来），那多少是受到周老师的影响。等到我读研以后有一天，发生了一件意想不到的事，突然开始写作自由诗了。那可能是因为我觉得古体诗太过局限，无法表达清楚自己内心的真实想法。无论如何，周老师让我第一次意识到，诗歌不仅属于古人，也可以属于当下的我们。

15. 父亲沿海边走向福建以远

　　我上大学的第一个寒假，没有回台州探亲。母亲让我去扬州看望四姨。我于是从济南乘火车南下。正值春运高潮，加上济南是过路站，尚不满十六周岁的我挤了一个晚上也没有挤上火车。第二天早晨，我在车站工作人员的帮助下，才上了一列客车，一路站到蚌埠才有了座位。在镇江下了火车，去长江边的码头时，我路过了北固山，不过要等几年以后，才有机会登上山顶。

　　北固山巅有北固楼，底下的铭牌上写着："北固楼因辛弃疾的两首词而名噪天下，始为东晋蔡谟所建，梁武帝登临时，欣然咏《登北固楼》诗一首，并亲题'天下第一江山'。"其时蔡谟任扬州刺史，他筑北固楼是为了储存军事物资——那儿易守难攻。遗憾的是，蔡谟只是个武官，他南征北战取得了辉煌的成就，但没有一句诗文留下来。不过，《晋书》第四十七卷有他的传记。

这无疑是让我为之骄傲的一幕，之后，我遇见镇江人每每会说起此事。话说蔡谟后裔在平田生活了六代以后，有一支迁往福建泉州，又过了十二代，另一支向东移居到白山乡五峰村（今属温岭大溪镇）。其五世孙文莞公有两个儿子，老大正是蔡镐，他深得孝宗信任，欲派他出使金国，可惜尚未收到任命便过世了。老二叫蔡存平，是比兄长晚两年的文科进士，官居朝奉，那是宋朝有名无职的散官。

1232年，告老还乡的存平公写过一首还乡诗，描绘了莞渭四周的景色：

水从西山流庄还，门开葛洪孤岩间。

还乡锄禾常垂钓，时与渔翁相往还。

诗中的"孤岩"是好风水的象征，可惜毁于上世纪七十年代。也正因为存平公的上书，朝廷念其始祖和兄长有功，才得以恩准修建蔡家祠堂，同时把附近大片滩渚批作官渭，赐给蔡氏子孙开发耕种。后因金人和倭寇入侵，祠堂修建一再被搁浅。直到清顺治年间（1644），族长发动大家捐资，重修族谱，并在明武宗正德十六年（1516）便已打好的地基上，建成祠堂。不料新近我听老家侄女说，蔡家祠堂要整体搬迁到两公里外的屯田村。

现在，我想说说父亲1943年的故事。那年夏天他从临海的台州中学高中毕业，在爷爷奶奶的鼓励下，准备报考大学。那时正值抗战时期，大学或停办或西迁，厦门大学距离相对比较近。没有好的交通工具，他便沿着海边步行向南，经温州进入福建，途中要过瓯江、飞云江和鳌江。那时还没有苍南县，更没有龙港市。穿过宁德以后，父亲来到了福州，那是进士的摇篮，历代进士的人数仅次于苏州、杭州和常州。

此时厦门大学已西迁长汀，与江西瑞金相邻。渡过闽江以后，父亲沿着南岸向西偏北方向行走，来到了南平。这里是福建的北大门，包括了世界文化和自然双重遗产的武夷山和福建两大组成部分之一的建瓯（古称建州）。之后，来个一百度的大转弯，他向西南沿着闽江的支流沙溪去到三明，途中只需经过一个县，那便是如今以小吃店闻名全国的沙县。尤溪是朱熹的诞生地，但远离大路。

从三明到长汀的路并不好走，需要绕道南边的连城。长汀属于龙岩市，是客家人聚居的第一座府治城市，被誉为"世界客家首府"。长汀是继泉州、福州、漳州之后福建第四座国家历史文化名城（1994）、中国烹饪协会颁布的首个中国客家菜之乡（2004），也被誉为"中国最美丽的山城"。

厦大是离敌占区最近的国立大学，其他学校都迁往云贵或四川。长汀虽然在本省，但崎岖的山路不好走，六年前厦大师生共走了二十三天才抵达。新任校长是著名的机电工程学家、留美博士、清华大学教授萨本栋，他后来当选首届中央研究院院士，儿子萨支唐是微电子学家，美国国家工程院院士、中国科学院外籍院士。

由于生活环境的困难，加上超负荷的工作，原本身体健康、喜欢打网球的萨本栋身体垮了下来，并因为关节炎和胃病开始弯腰驼背。1949年初，他在美国加州病逝，年仅四十六岁。西迁时期，正如地处贵州的浙江大学被到访的英国科技史家李约瑟赞为"东方剑桥"，厦大也被美国地理学家葛德石赞为"加尔各答以东最好的大学"。

话说父亲费时两个多月到达长汀后，顺利通过考试，被厦门大学录取。可是后来，他也许觉得厦大的人文学科不够出色，又决定放弃了。他继续徒步向西向南行进，去到昆明投考西南联合大学。那是一段十分漫长的艰苦旅途，就像红军长征，父亲是如何横穿江西和湖南两省的？遗憾的是他在世时我没有问他。但我猜测，他经过了吉安，而没有经过偏北的南昌。

无论如何，长沙是父亲的必经之地，两年后他们从昆明返回北京途中也经过了长沙。我在他的同学张友仁先生的回忆文章中看到，联大同学是在长沙过的湘江，当时他们搭乘的货车与国民党的一辆卡车刮擦，双方发生争执，军官要求派一个同学到国民党部处理，实际上相当于做人质，结果父亲自告奋勇前往，后来顺利解决了争端。

父亲当年从长沙去遵义应是沿着沅江经过常德的，那是古称高蔡的周朝诸侯国蔡国最后一个国都。这条路与1938年长沙联合大学（西南联大前身）二百五十多人的"湘黔滇旅行团"前往昆明走过的路基本重合，旅行团的教师中有清华的诗人闻一多、北大的化学家曾昭抡等十一人，学生中有未来的数学家严志达、化学家唐敖庆、诗人穆旦（查良铮）等，其中有十多位后来当选中科院学部委员。

父亲与旅行团的主要区别是，他是独自一人，且是从浙江出发一路步行。还有就是从湖南沅陵到贵阳，父亲为见二伯，走的是北线，即凤凰、铜仁、江口、印江、思南、凤岗、湄潭、遵义，联大师生走的是南线，即晃县（今新晃）、玉屏、黄平、镇远、贵定。他们共费时六十八天，行程一千六百多公里，这在杨潇的《重走——在公路、河流和驿道上寻找西南联大》（2021）有详细描述。

自公元前1046年，周武王弟弟叔度被封蔡国，在河南上蔡建都。前531年，蔡国被楚国所灭。三年后复国，迁都新蔡。前493年，再次迁都下蔡（今安徽凤台），直到前447年，终被楚国所灭。人民改姓蔡，四处逃散。蔡国贵族多迁来湖南常德，在此扎根，因此又被称为高蔡。

常德位于洞庭湖西侧，武陵山下，史称"川黔咽喉，云贵门户"。常德之名源自《老子》"为天下溪，常德不离"，据说陶渊明笔下的《桃花源记》描写的就是常德。公元805年，永贞革新失败，八位主将被贬远州司马，其中刘禹锡到了朗州，州治即在常德，他与被贬永州的另一位诗人柳宗元是好朋友，被贬湖南期间常有通信和诗词往来。

抵达贵州遵义时，父亲生了场大病。幸好二伯父在浙大外文系读书，悉心照料了他。待身体稍好以后，父亲在浙大图书馆找到一份工作。那时浙大文科在遵义，理科在湄潭。如今，在湄潭浙大西迁纪念碑上，刻写着当年全体教职员工的姓名，父亲虽只是个临时职员，也列于其中，出现在教导处队列里。翌年夏天，他再度出发西行，经过安顺、晴隆、盘县、曲靖等地，终于抵达昆明，考入了西南联大。

2024 年初，我去昆明云南师范大学参加《数学文化》杂志编委会，参观了校内的西南联大博物馆，末了在大屏幕上呈现的 1946 年夏天联大师生离开昆明北上的千人大合影里，快速地找到了父亲，他就在第一排右数第九位，穿着一身黑色的中山装，微笑地看着前方。当时他还是大二学生，师生们即将分离，各自前往北大、清华和南开。

16. 外公的东禅巷有船去上海

　　说过父亲家族的故事，再来说说母亲家族。如今黄岩城里东西走向的主要大街叫青年路，那儿有县城唯一的百货大楼、唯一的电影院，还有八层楼的钟楼兼消防队的瞭望塔。我小时候它就叫青年路了，但从前不是这个名，这是一条千年古街，有一段历史掌故。青年路在清代叫道义巷，明代叫景贤巷，宋代叫景贤坊，其时路边还有一条小河，叫中支河。

　　清廷入主中原之初，推行强制的"剃发令"，黄岩一批士人不服，在景贤巷集体跳入中支河，以示抗议。而在宋代，朱熹的门人林鼒就住在景贤坊，正是他和我的先人蔡镐修筑了清河闸桥群。1958 年，

那时东禅巷的当铺、银楼、酒酱坊和估衣铺（经营旧衣）等远近闻名，每逢集市，各地顾客商贩赶来，人来客往，十分热闹。

填河扩路，将中支河填成了街道，与道义巷一起成了如今的青年路。

幸好，道义巷以北、与之平行的同样也是千年古巷的东禅巷仍在，不仅如此，那富有禅意的巷名也幸运地得以流传。此巷唐代便有，旧称丛桂坊，改为现名是因为巷内有一座东禅护国院。据明代《万历黄岩县志》记载，东禅护国院初建于唐懿宗咸通二年（861），宋太平兴国五年（980）重建。明初，这所寺院衰落得像座小庵。

东禅巷的东头是东禅桥，从前桥下即有内河埠头，这里是南官河和东官河的起点和连接处。南官河和东官河，顾名思义，它是由官家开凿的两条分别向南和向东而去的河流。据记载，这两条河流于五代（后梁太祖）开平元年到（后唐明宗）长兴二年（907—931）由吴越王钱镠下令开凿，既是黄岩灌溉、排涝的主干河道，也是连接黄岩、路桥、海门、温岭的运输大动脉。

南官河通往南乡（院桥）及东南乡（路桥、金清、泽国），其中泽国属于温岭。也就是说，它是流经我母校樊川小学边上的那支河流，向南进入路桥，再经过温岭泽国，直至温岭街。东官河则自东禅桥向东，与去往王林施村和山下廊村的那条道路平行。入椒江区不久，折南经洪家街道，进入路桥区，尔后向东，复南至塘桥，与南官河支流汇合，再向东南流入金清港，后者也与椒江一样流入东海。

1923年3月1日，从台州发往宁波的客船"甬清轮"沉没，692人遇难。我查阅过黄岩和温岭两地县志，沉没地点有20公里误差，一说椒江口，一说金清港口（今路桥区）。此事似乎被故乡人遗忘了，其实因为地点靠近海岸，打捞并非难事。这次事故比后来拍成同名电影的从上海开往台北的"太平轮"早二十六年，后者沉没在舟山嵊泗海域，两者均堪称中国的泰坦尼克号。

温岭在明成化五年（1469）以前，分别属于黄岩、乐清两县，建县时，划出了黄岩的太平、方岩和繁昌三乡及灵山乡一部，计二十一都之地（明清之际都相当于乡），取名太平县。原来的太平乡则得名于与"石夫人"相邻的太平岩，现如今温岭的主城区仍叫太平街道。从此以后，我的祖居地一分为二，南宋以前在黄岩平田，南宋至民国在温岭。

七年以后，又从温州乐清划出山门乡、玉环乡计六都之地归太平县。山门乡即如今温峤岭以南的坞根镇，而玉环乡主要指漩门港以北的楚门半岛，港南的玉环岛仍被游民私种。清雍正五年（1727）之后，玉环乡分出，设立玉环厅，包含了玉环岛和石塘镇（1795年石塘镇划归温岭县）。民国初年改玉环县，隶属温州。直到1949年以后，才隶属台州。如今，玉环的苏泊尔高压锅享有盛名，如同椒江的星星冷柜。

民国三年（1914），因与山西、四川、安徽等省的太平县同名，改名温岭，原本是县西温峤岭之别称，还因为岭北的温岭街闻名台州。四川太平县紧邻山西安康，更名为万源县。山西太平改名汾城县，1954年，汾城与襄陵合并后称襄汾县，汾城县城降格为汾城镇。只有安徽太平县保留了名字，但于1983年被撤销，改设黄山市。也就是说，再也没有太平县了。

母亲生前曾告诉我，外公原来在东禅巷口开了一家南北货店，我不知是外公本人开的，还是外公的父亲或爷爷开的。顾名思义，南北货是包含了南方和北方的货物，因此大概相当于现在的杂货店吧。不过，南北货店的名字更好听。选择东禅巷，应该是为了方便进货——南官河和东官河在此交汇。

那时东禅巷的当铺、银楼、酒酱坊和估衣铺（经营旧衣）等远近闻名，每逢集市，各地顾客商贩赶来，人来客往，十分热闹。近年来，东禅巷的林蔚故居重又修缮开放，此宅建于1930年，主人林蔚毕业于南京陆军大学，是蒋介石的亲信，做过国防部次长，他的故居是黄岩城内第一幢西式小洋房，主体建筑保存完好，这位曾经的民国上将故居现已列为文保单位。

如果从东禅巷出发航船去海上，不必走金清港，城关东北就有外东浦，从那儿可以直接驶入永宁江，继而经椒江入海。不过，任何商业活动总存在一定风险。民国初年的一天，一艘满载的货轮从上海港发出，返回黄岩，不幸在东海遇到风暴，船毁人亡，船上有不少外公购买的货物。祸不单行，家里偏又发生一场大火，把左邻右舍都烧着了。无奈之下，外公只好带着全家出走，去南田岛上开荒种地。

也因此，母亲家族和父亲家族才有可能相遇。话说那会儿，续弦的外婆还只生下了我舅舅，母亲和她的两个妹妹都是在南田岛出生的，而父亲则出生在温岭，襁褓之中被奶奶抱着去了南田岛。父母亲两家到底哪家先去的南田，至今我没有弄清楚。他们在南田也不是落户在一个地方，父亲家在枫树脚塘，俗称蔡万仓，如今叫南五村，大概因为到鹤浦有五里路。

我对枫树脚塘这个名字印象深刻，母亲经常提起，大概是有一口周边栽了枫树，可以蹚水而过的池塘。外婆家在岛的中央樊岙，1912年南田建县时还是县治所在，除了当年四月因为象山县东溪岭以南划入南田县，曾短暂迁治石浦，一直设在樊岙。1940年南田撤县并入三门，1952年复归象山。如今，樊岙村是南田岛第一大村，由六个自然村组成，共三千多村民。换言之，母亲出生时，樊岙是县城。

或许因为祖居地是温黄平原的缘故，我的父母亲虽然成长或出生在南田岛，并没有成为渔民。但父亲后来自取的名字里带有"海"字。新中国成立前夕，父亲全家返回了温岭，母亲家族则留在了岛上。我舅舅做了海员，外公的去世与大海也有一丝联系。据母亲回忆，外公去世时是盛夏，他在门外一棵大树下休息，摇着蒲扇午睡，有个村民去码头取鱼经过，他们还打了招呼，可是当村民从海边回来，却发现外公已停止呼吸，因此他的死亡没有任何痛苦。

1990年清明节前夕，四姨从扬州来到杭州，我陪她去了宁波。我们先到奉化溪口，游览了蒋氏故里。随后乘车去了石浦渔港，再从那儿坐船到鹤浦。

我们在南田岛上停留了三天，探访了外公外婆的老屋，祭拜了他们的墓，墓后面不远处还有舅公的墓，他是外婆的弟弟，跟着外婆外公从黄岩来到南田，终身未娶。又去了南五村，看到爷爷的米厂地基仍在，旁边有一条河流，却不见枫树脚塘。

东禅巷仍在黄岩县城，我每次回黄岩，依然可以见到。最近一次是2022年春天，我应邀回黄岩出席县图书馆新馆落成仪式，那次我那双穿了多年的意大利皮鞋突然掉了一只鞋跟，有人告知东禅巷有个修鞋铺，于是搭乘出租车前往。我在巷口见到一个哑巴男子，三下五除二，很快他就把我的鞋底给粘上了。

17. 橡皮擦、米其林与寒山子

修鞋匠的一个重要材料是橡胶，无论皮鞋还是球鞋都离不开。橡胶是一种弹性材料，常温时在较小外力作用下就能产生形变，除去外力后能迅速恢复原状。橡胶是由十八世纪两位法国冒险家在南美热带丛林里首先发现并予以描述的，印第安人最早发现一种三瓣叶子的"会流泪的树"，称其为cau-uchu，天然橡胶就是由橡胶树割胶时流出的胶乳经凝固、干燥后制得的。

稍后，英国化学家约瑟夫·普里斯特利观察到它能擦去铅笔写下的痕迹，遂将其命名为rubber，意思是擦子，后来泛指橡胶。也就是说，橡皮和橡胶本是同一个词，橡胶因为有橡皮的功能而为人所知。两分钱一枚橡皮，这是我记得的最古老的物价之一，还有就是大米，在浙江的定价是一毛三分六一市斤。

橡皮或橡皮擦呈长方形，体积稍小于标准的火柴盒。橡皮是否像香烟、自行车那样有牌子？这一点我早已经遗忘，同样被我遗忘的还有铅笔的价格。在那个生产率极其落后的年代，正如钢笔的主人（在小学生中比较罕见）常备墨水瓶（分黑色和纯蓝两种），铅笔使用者也常备橡皮。作为一种书写、绘图、素描和做标记的工具，铅笔并没有因为钢笔和圆珠笔的发明而消失。

据说在橡皮被发现之前，西方人使用面包来擦铅笔字，事实上，铅笔的发明比橡皮要早两个多世纪，且因为轻便和经济被普遍使用。十六世纪中叶，德国-瑞士博物学家格斯纳便已描述过把一种石墨插在木柄里的书写工具。当时人们以为石墨是一种铅，故而被称为铅笔，直到很久以后的 1779 年，瑞典化学家舍勒才指出，石墨是碳的一种形态，但已无法把它改称作碳笔了。

在我看来，橡皮还有一个功能，它能使学习和思维获得调剂和歇息，还可以帮助消除考试时的紧张气氛。至于橡胶和乳胶结合做成的橡皮筋，则是十九世纪中叶由英国人佩里发明的。短圈的橡皮筋既可用来捆绑小件物品，也可用于女士扎头发。长圈的橡皮筋则是一种游戏工具，尤其为女孩子们喜爱。我们男生喜欢的是跳绳，那同样也是女生的专长。

橡皮的发现者普里斯特利是一位教士出身的政治理论家和自然科学家，他毕生的工作推动了自由主义政治和宗教思想以及实验科学的进步。普里斯特利很能交朋友，在英国时，他是生物学家达尔文和蒸汽机改良家瓦特的至交，移民美国后，他又成为政治家亚当斯和杰弗逊的好友。

说来有趣，约翰·亚当斯和托马斯·杰弗逊虽同为美国国父，后者还是《独立宣言》的起草人，两人先后出任美国第二任和第三任总统，政治意见却相左，是共和党和民主党两党分野的源头。两人相差八岁，退出政坛后却成为挚友，并在1826年7月4日，即美国的第50个国庆日同一天逝世。

作为一名化学家，普利斯特利以发现氧元素和植物呼出氧气的现象闻名于世，他与法国化学家拉瓦锡在巴黎的会面被认为是化学史上的一个里程碑。十五年以后，即法国大革命爆发的1789年，即将被砍头的拉瓦锡用实验亲自验证了普里斯特利发现的新空气，并将其命名为"氧"。不过，前文提到的瑞典人舍勒，比普利斯特利早三年发现氧，晚三年发表。

普利斯特利是一位亚里士多德式的人物，他是爱丁堡大学的法学博士，却以电学实验方面的成就当选英国皇家学会会员；他还将二氧化碳注入水中，使饮用水变得可口，为后来的苏打水工业奠定了基础。橡皮由这样一位可敬的人士发现，也算是孩子们的福气了。遗憾的是，我小时候不知道有这样的人存在。

不过，橡皮一词对我另有含义，它见证了我青春期的到来和性意识的觉醒。故事发生在 1970 年代初的一个夏夜，就在王林施村里，是我和那位在单亲家庭长大的同龄男孩敏文之间的一桩旧事。与村里的多数人一样，敏文也姓施，他母亲和我母亲是小学里的同事，好像还教过我语文。那天晚上，他们母子俩到我们家做客。

因为是熟人，寒暄几句以后，为了省油，母亲把煤油灯吹灭。敏文性格内向，平时话语不多，他和我都对母亲们聊天的内容毫无兴趣——无非是同事或邻里之间的各种传闻。起初，我们也坐在门外的屋檐下，后来因为有蚊子，被母亲们勒令躲进屋内的蚊帐里，而她们依旧摇着扇子交谈甚欢。

不知是谁出的主意，我们玩起了捉迷藏的游戏。我从书包里找来一块橡皮，轮流藏匿和寻找，从凉席底下、T 恤衫袖口到身体的某个部位：橡皮藏在脚趾之间，短裤内侧，直至大腿深处……要是平常，这样的触摸是违反伦理的。但因为有了橡皮这件道具，我们的羞耻感得以隐藏。就像在游泳池里男女坦诚相见，哪怕只剩一条三角裤或一枚胸罩。多年以后，我在遥远的安第斯山中还写过一首诗《橡皮》。

橡胶的用途变得广泛是在十九世纪中期，美国发明家古德伊尔创造了硫化法。自那以后，天然橡胶的移植（主要在印度尼西亚、马来西亚和斯里兰卡）与合成橡胶（主要原料是石油和酒精）的发明接踵而至。今天，橡胶主要被用来制造各种车辆和航天器的轮胎，古德伊尔（1898）与法国的米其林（1888）、日本的普林斯通（1931）是全球最负盛名的三大汽车轮胎品牌，所消耗的橡胶材料远非橡皮可比。

米其林公司总部在法国中南部的克莱蒙费朗，数学家帕斯卡尔的故乡。起初主要生产自行车和马车轮胎，后来以生产汽车轮胎为主。1900年，世界博览会在巴黎举行，米其林公司的创办人安德烈和爱德华兄弟看好汽车旅行的发展前景。他们认为，汽车旅行越兴旺，轮胎就会卖得越好。

因此，米其林兄弟将餐厅、地图、加油站、旅馆、维修厂等有助于汽车旅行的资讯聚集在一起，出版了随身手册大小的《米其林指南》。换句话说，它是米其林轮胎公司印制给私家车主的行路指南，提供有关旅游方面的资讯，包括停车、维修、住宿、餐饮，以及邮递、电报和电话服务，等等。

随着公司规模的扩大，《米其林指南》包含了更多的服务范围。例如，哪些加油站服务好，哪些餐厅有特色，旅行手册对一些服务好的餐厅，做出了标记，分为一星、二星和三星。餐厅老板也发现，顾客突然多了，原来是米其林轮胎的客户通过《米其林指南》找来了，自家什么时候入选都不知道。这些入选的餐厅，被称为米其林餐厅。

1994年，临海这座千年府城降格为县级市。第二年，27岁的临海小伙子张勇在故乡开设了第一家"新荣记"，如今它在香港、北京、上海、广州、深圳、杭州、宁波、成都、西安等地拥有近60家分店，截至目前已合计摘取 53 颗米其林星。"新荣记"是中国餐饮收获米其林星数最多的品牌，也是国内目前唯一获得米其林三星的中餐厅。

在台州话里，"荣"和"勇"发音相同，这正是店名的由来。本着"食必求真，然后至美"的美食宗旨，每家"新荣记"都不惜成本，总店灵湖店由法云与颐和两间安缦酒店的设计师嘉雅设计，设计费 2000 多万元，投入了 1.5 亿元，耗时四年建成；即使是获取米其林三星的北京店，也难撼动总店的地位，据说全国各地专程赶到总店品尝美食和打卡的人非常多。

2024 年春节，我在东京赤坂看到了即将开业的"新荣记"，就在高高的 Biz 塔旁边。这是东京的两个台州元素之一，另一个是东京国立美术馆收藏的元代僧侣画家因陀罗的作品《寒山拾得图》。寒山是唐代隐居天台寒岩的诗人，拾得是国清寺的和尚，他们是"和合二仙"。日本有不少含有寒山的地名，在西方寒山也是最负盛名的中国古典诗人之一。

1994 年，临海这座千年府城降格为县级市。第二年，27 岁的临海小伙子张勇在故乡开设了第一家"新荣记"，如今它在香港、北京、上海、广州、深圳、杭州、宁波、成都、西安等地拥有近 60 家分店，截至目前已合计摘取 53 颗米其林星。"新荣记"是中国餐饮收获米其林星数最多的品牌，也是国内目前唯一获得米其林三星的中餐厅。

第四章　诗人、皇帝和小伙伴

18. 来来往往的文人和骚客

台州位处偏远之地，尤其在古代，交通极为不便。东晋诗人谢灵运闲居故乡始宁（今上虞）时，曾命人伐木开路，至会稽与临海两郡交界的天姥山，临海太守王琇误以为是山贼，后来知是谢灵运才释然。为此谢灵运曾作诗："杪秋寻远山，山远行不近。"后来李白慕名前来，至于力作《梦游天姥吟留别》，则是他在山东遥想时写下的，还特别写到了谢灵运发明的登山鞋谢公屐。

另据万历《黄岩县志》"永宁江"条目写道："东北临永宁江，谢灵运尝登焉。"并加注：谢灵运作《望海诗·开春献初岁》。至于他何时来到黄岩的永宁江，则是众说纷纭。一说是他从始宁赴任永嘉太守途中，曾到过黄岩与仙居交界的永宁江源；二说是他任永嘉太守期间，"肆意遨游，遍历诸县"，也到过黄岩方山并作诗。

到了唐代，有两位文人来台州，一位是孟夫子孟浩然（689—740）。四十岁那年，他从故乡襄阳去长安，第一次赴长安应进士，虽曾在太学赋诗，名动一时，却科举未中，失望而归。翌年，他下襄阳向洛阳，经汴河、邗江、江南运河到达杭州。溯钱塘江，写下了名篇《宿建德江》。之后，向南折入兰溪，经婺州（金华），再向东溯东阳江，前往天台山，途中写下了《舟中晓望》：

> 问我今何适，天台访石桥。
> 坐看霞色晓，疑是赤城标。

赤城山是天台山的南门，山色赤赭如火，是天台唯一的丹霞地貌景观，也是天台山的标志。从孟浩然留下的诗作中我们可知，他还曾游历天台的石梁和桐柏宫、三门的海游、黄岩（今温岭）的温峤等地。然而，他最想见的故人太一子却没看见，后者是桐柏宫创建人司马承祯（当时已隐居河南王屋山）的师兄弟。

幸运的是，孟浩然从天台返回越州（绍兴）的路上，与太一子相遇了。之后，为了见有生死之交、从前一同隐居故乡鹿门山的好友张子容，孟浩然又从越州的某处海边（今属宁波）乘船前往永嘉乐城（今乐清）。在诗人不算长的行旅生涯中，这次越中行足足占了近四年的光阴。

另一位是文学家、画家、书法家郑虔（691—759），他是被贬谪来台州的文人中最负盛名的。郑虔是郑州荥泽县人，字若齐，他比孟浩然小两岁，出生于一个门第不低的家庭，排行十八。约710年进士及第，诗、书、画被唐玄宗赞为"郑虔三绝"。他卓识不凡，在军事、医学和博物等方面都有开拓，著有兵书《天宝军防录》、医书《胡本草》、杂录《会粹》等。

想当年，唐玄宗为了把郑虔安排在自己身边，特意设置了广文馆，任命郑虔为广文馆博士。据说郑虔当年得到任命，不知道广文馆这个机构在哪里，便去找宰相询问，宰相说："皇帝陛下下令扩充国立大学，增设广文馆，来安排有贤德的人，让后代人说起广文博士是从你开始的，不是很好吗?"于是郑虔走马上任。

此前郑虔曾遭人检举"私撰国史"，被逐出京城十年。安史之乱中，他又先后被叛军任命为兵部郎中和国子司业。所以在平定之后，郑虔因此被贬台州司户参军。757年寒冬腊月，六十七岁的郑虔以老弱残身，长途跋涉来到临海。那时台州文风未开，郑虔衣冠言行，不同时俗，与当地人互视怪异，"一州人怪郑若齐，郑若齐怪一州人"。他也曾自叹，"著作无功千里窜，形骸违俗一州嫌"。

可是，郑虔并未抱怨，反以教化台州百姓为己任，他以地方官员身份首办官学，选择民间优秀子弟来教导。各种大小礼仪，无不以身作则，从此台州民俗日趋淳朴，士风逐渐奋起。后来肃宗大赦天下，郑虔想回长安，但台州百姓诚恳挽留他，于是终老于斯。759 年，郑虔病逝于台州官舍。如今，临海除了郑虔墓、祠、纪念馆以外，还有广文街、若齐巷、留贤村等。

说到郑虔，必须提及大诗人杜甫与他的友情。郑虔比杜甫大二十岁，两人是忘年交的好友，杜甫一生写给郑虔或与郑虔有关的诗作多达二十多首，超过了李白，足见郑虔在其心中的分量。例如，杜甫写过一首《戏简郑广文虔，兼呈苏司业源明》，描写了他的生活状态——苏源明是他们共同的朋友：

广文到官舍，系马堂阶下。

醉则骑马归，颇遭官长骂。

才名四十年，坐客寒无毡。

赖有苏司业，时时与酒钱。

当郑虔被贬台州，杜甫写了《题郑十八著作乾》

（郑虔曾出任著作郎），开头一句也写出了台州在当时人们心目中的印象：

台州地阔海冥冥，云水长和岛屿青。

随后，杜甫又写了一首诗，表达了对老朋友的深切怀念和处境的担忧，题目是《有怀台州郑十八司户》，开头六句是："天台隔三江，风浪无晨暮。郑公纵得归，老病不识路。昔如水上鸥，今如置中兔。"这里天台即指台州，三江疑指长江、浙江（钱塘江）和曹娥江（剡溪）。

764 年，寄寓成都的杜甫，听到郑虔和苏源明不幸离世的消息，悲愤不已，写下了悼亡诗《哭台州郑司户苏少监》，开头说："故旧谁怜我，平生郑与苏。存亡不重见，丧乱独前途。"苏是苏源明，他是当年去世的，郑是郑虔，此时已离世五年，杜甫才得知。杜甫的《八哀诗》用韵记录了八个人的生平历史，也包括郑虔和苏源明。

杜甫年老之时，有一年重阳节，友人相邀出行，他游兴未尽，不觉想起当年的情景，写下《九日五首》，其中一首写道："旧与苏司业，兼随郑广文。采花香泛泛，坐客醉纷纷。"遗憾的是，郑虔的诗在《全唐诗》中只留下一首《闺情》："银钥开香阁，金台照夜灯。长征君自惯，独卧妾何曾。"或许，郑虔就是那个被遗忘的女子，独自度过了漫漫长夜。

唐代以降，还有不少文人到过台州。仅以宋元的黄岩为例，两宋之际的杰出诗人陈与义写过"黄岩县里借舟迟"。南宋宰相，与欧阳修、赵明诚并称金石三大家的洪适写过《黄岩道中》："两日黄岩县，纷然百虑侵。"另一位南宋状元宰相、抗元英雄文天祥也写过一首五言绝句《过黄岩》。元代散曲大家张可久写过《太常引·黄山西楼》，结句是"只坐守、方山看云"。

在郑虔去世一千两百多年以后，我出生在台州黄岩，半岁时随母亲去南田岛看望外婆，第一次经过了临海。1976年初夏，十三岁的我跟随母亲以及江口中学的老师们，去临海参观教育革命成果展。那次我们从江口码头乘船出发，沿灵江去地区所在地临海。小火轮溯流而上，经过了涌泉和石村，到达临海县城。只是，那时的广文街已改名，我尚未听说这位先贤。

如今，台州的经济蒸蒸日上，交通发达，美食享誉海内外，台州人大方豪爽的个性也讨人喜欢。可是，虽有郑虔播下的种子，台州在文化和教育（无论是基础教育还是高等教育）仍欠发达，与杭州、宁波、温州自然无法相比，与金华、绍兴、嘉兴、湖州甚或舟山比起来也有不小差距。

19. 不相忘处把杯酒浇奴坟土

也是在 1976 年，我们江口中学师生春游去了温岭，我曾在前文追忆过，并多次谈到了新河中学。不过尚未谈及南宋江湖派诗人戴复古，1167 年，他出生在新河南塘屏山，那时候还没有温岭县，新河属于黄岩。他的父亲是穷书生，一位"以诗自适，不肯作举子业，终穷而不悔"的诗人。临终前还对亲友说："我已病入膏肓了，不久将辞世，可惜儿子太小，我的诗将要失去传人。"

可以告慰父亲的是，戴复古也成了诗人，并俨然成为一派首领。更可贵者，他与父亲一样，不肯作举子业，宁愿布衣终身，贫穷而不悔。在纸醉金迷的南宋，这的确难能可贵。他曾跟陆游一起旅行，作品受晚唐诗风影响，兼具江西诗派风格。在浪游江湖后，归家隐居，著有《石屏诗集》《石屏词》《石屏新语》等集。

1982 年，人民文学出版社出版的三卷本《中国文学史》里有介绍戴复古，引用了他的两首诗，其中一首《江村晚眺》写的正是故乡的风景：

汀头落日照平沙，潮退渔船阁岸斜。

白鸟一双临水立，见人惊起入芦花。

戴复古笔下的这片芦花，也开在我少年时到过的故乡横峰莞渭蔡。实际上，两地相距不过十多公里，分别位于温岭市的东郊和西郊。晚年，回到故乡的诗人，写下一首《望江南》：

石屏老，长忆少年游。自谓虎头须食肉，谁知猿臂不封侯。身世一虚舟。

平生事，说着也堪羞。四海九州双脚底，千

愁万恨两眉头。白发早归休。

纵观戴复古八十年的生命，一半是在旅途中度过，他有三次长时间的漫游，在古代中国诗人中恐无人可比。第一次是在1197年，而立之年的戴复古已娶妻生子、学诗有成，他出游赴临安（今杭州），后到绍兴，投师年长他四十二岁的陆游。此后十年均在临安及周边徘徊，也曾一路北行至金人前线，写下怀念失地的诗，怜悯苦难的同胞。

第一次出游的经历，粉碎了他的衣锦还乡之梦，"京华作梦十年余"。回到故乡，他发现结发之妻已病亡，仅余题壁诗句"机番白苎和愁织，门掩黄花带恨吟"。失意而归又逢丧妻，他不禁提笔写下了《续亡室题句》："求名求利两茫茫，千里归来赋悼亡。"其时，家中的两个儿子只有十多岁。

第二次出游，诗人向南，从温州、青田西去江山、玉山，至豫章（今南昌），到过江西、福建、湖北、湖南、江苏、安徽等省，再次来到临安，约二十年后方才回家。"到底闭门非我事，白鸥心性五湖傍"，诗人在《家居复有江湖之兴》中表达了向往自由、不受束缚的心性。

这次出游前，他听闻不少京官调往江西，原本想去江西寻求出路，结果以失望告终。不过他一路广交诗友、切磋诗艺，诗歌创作获得大丰收。戴复古的诗集中，多数名篇写于此时。他在诗坛声名渐开后，大家纷纷与他结交，时有唱和，或互相品评，江湖诗派形成于此时。《石屏小集》编成，这是第一部刊行的戴复古诗集，令他声名大振。

陶宗仪在《南村辍耕录》第四卷记载："戴石屏先生复古未遇时，流寓江右武宁，有富翁爱其才，以女妻之。居二三年，忽欲作归计，妻问其故，告以曾娶。妻白之父，父怒，妻宛曲解释。尽以奁具赠夫，仍饯以词……夫既别，遂赴水死。"武宁是长江南岸的江西九江属县，此事应发生在诗人第二次出游期间。

戴复古妻的诀别词用了词牌《祝英台近》，末句写道："后回君若重来，不相忘处，把杯酒，浇奴坟土。"十年之后，戴复古满怀对亡妻的怀念与歉疚，来到妻子坟前，写下了《木兰花慢·莺啼啼不尽》。如今，在新河镇屏上村有一块石屏石，而温岭市区的文沁公园内有一座戴复古石像。

大约在1229年，六十二岁的诗人第三次出游。他先到福建，再转江西，五年以后两度入闽，游两广，再折回湖南，经过衡阳、长沙，第三次到湖北鄂州。直到1237年，他才从镇江返家。八年多的出游中，他主要访友，并将诗集付梓。1234年冬天，福建南平邵武太守王子文邀请戴复古和青年诗评家严羽同登望江楼饮酒作诗，留下一段佳话。

彼时，戴复古已是声名远扬的诗人，并是邵武府学教授，而严羽只有二十来岁，后来他以一部《沧浪诗话》传世，主张"言有尽而意无穷"为诗艺的境界。太守王子文爱诗，但倾向于江西派。严羽参禅理，提倡"妙悟"，力追盛唐。三人在望江楼饮酒论诗，各执己见，争论不休。戴复古倾向于严羽，但又不同意把诗说得太空灵，太玄妙。

后来，戴复古写下了《论诗十绝》，系统地表达自己的诗观。后人为纪念这次雅集，将望江楼改称诗话楼。1237年，戴复古辞别邵武，结束了漫长的漂泊生涯，踏上了归程。诗人的晚年是在故乡度过的，有他自己写的那首诗词《望江南》为证。他的一生似乎证明，山河飘零，人生如不系之舟。

戴复古浪迹天涯的秉性，也传递给了后代，仅江苏南通如皋（含从如皋分出的如东）就有三万余直系子孙。先是五世孙为避宋末之乱，带着两位弟弟，从温岭南塘沿海岸线北上，来到上海松江。六世孙考中进士后，被朝廷派任泰州通判。七世孙再迁南通如皋，从此在如皋开枝散叶，到明朝成化年间，已发展出十二支系。

我认识的当代女诗人戴潍娜即出自如东，她曾以江苏省文科前二十名的成绩考入中国人民大学外文系，曾留学牛津，获博士学位后任职于中国社科院外文所。戴潍娜现已出版多部中英文诗集和译著，还频频在央视和卫视节目里出镜。蒙她本人相告，家谱里有写到戴复古和他的父亲两代诗人，她是戴复古第三十一世孙。当她第一次看到完整的家谱时，心情颇为激动。至此，相隔八个多世纪以后，诗人戴复古终于有了传人。

20. 渡海而来的皇帝和诗人

前文多次说到永宁江，它最大的支流是流经黄岩城西的西江。西江开凿于北宋年间，迄今已有一千三百多年历史，西江南端始于永丰河口，流经委羽山西侧，穿越古老的五洞桥，终于西江闸，全长约五公里，与永宁江以及先期开凿的东官河、南官河组成古城黄岩的护城河。在西江和永宁江的汇合处，如今有一座一百多米高的耀达酒店和中国最美书店之一的朵云书院，我曾有幸多次下榻并在书院里讲座或朗诵。

五洞桥是一座六十多米长的石桥，连接西街和桥上街，是古时黄岩城里通往西部重镇宁溪的必经之地。始建于北宋元祐（1086—1094）年间，南宋庆元二年（1196）毁于水，同年由宋太祖赵光胤七世孙赵伯澐率众重建。近年发现的赵伯澐墓棺是浙江唯一未被盗过的南宋棺椁，墓中的丝绸服饰堪称"宋服之冠"。童年时我曾来桥上游玩，如今每逢春节，还会举办热热闹闹的五洞桥灯会。

永丰河上游是沙埠溪，高桥河闸将其连接，有一条支流自西边注入高桥街道北侧，上游有座村庄叫三童岙村，那是黄岩谢氏祖居地。其南渡先祖叫谢克家（？—1134），河南上蔡人，南宋官员、诗人、书法家。他曾任台州太守，1131年再次寓居临海时，乞黄岩西部的灵石寺为香灯院，死后归葬灵石寺西北。

作为政府官员，谢克家干过的最为人所知的一件事，是在靖康二年（1127），他奉孟太后的命令，带着玉玺，前往济州（山东巨野），恭迎康王赵构继承大统，正式建立南宋。赵构是宋徽宗的儿子、宋钦宗的弟弟，因为在外打仗，成了"靖康之耻"中没有被金兵带走的与徽钦二帝最亲的皇室成员，故而做上了皇帝。

孟太后"幸存"的原因与赵构类似。她是宋哲宗的皇后、宋徽宗的嫂子，卸任皇后已近三十年。她作为一个道姑，一直住在瑶华宫，"靖康之耻"发生前，瑶华宫发生大火，她住在民居之中，属于没有被金兵带走的与徽钦二帝关系最近的后宫成员。

金兵在东京（今开封）洗劫一空后留下了一个傀儡政权，为首的叫张邦昌，他并不甘心做傀儡。为此想到了"孟太后"，想利用这块金字招牌，提高自己的号召力，于是把孟太后找来封为"宋太后"。"宋太后"没有忘记自己的真正身份，当她听说赵构"幸存"的时候，马上派吏部尚书谢克家前去恭迎赵构。

作为诗人，谢克家有一首词《忆君王》，这也是他唯一传世的词："依依宫柳拂宫墙，楼殿无人春昼长。燕子归来依旧忙，忆君王，月破黄昏人断肠。"这首词写在"靖康之变"之后，影响力虽不及李煜的《虞美人·春花秋月何时了》，却也有满满的对故国君王的怀念和对大宋王朝的忠诚。孟太后派谢克家去恭迎赵构，恐怕多少受到这首词的影响。

做上皇帝的赵构，没有忘记拥立有功的谢克家，让他当了参知政事，相当于宰相。对大宋王朝忠诚的谢克家，自然是一个主战派。对于秦桧这样的投降派，谢克家嗤之以鼻。1132年，他上书弹劾秦桧卖国投降计策，致其被罢相。1138年，秦桧复相，诛锄异己，此时谢克家已去世四年，其长子谢伋（1099—1165）辞官隐居黄岩灵石寺，后迁三童岙村。

据说谢伋当年在灵石山曾建药寮，与当地文人雅士往来唱和，使得灵石成了台州文化地标。清同治年间（1870），灵石书院成立，出过五位中科院院士。上世纪六十年代初，灵石中学成立。2023年，由于生源锐减，灵中与宁溪中学、院桥中学合并，成立了永宁中学，校址在院桥镇高洋村。

1155年秋天，台州知府刘景奉秦桧之命，要将寓居在家的谢伋押往台州府，恰好此时秦桧死去，于是刘景亲出城外相迎，执礼恭敬。不久，朝廷召谢伋任处州（今丽水）郡守，后逝于任上。谢克家的弟弟谢克明曾任工部尚书，后举家迁临海，其后嗣谢深甫官至右丞相，其墓地与前文提及的明代地理学家王士性毗邻，孙女谢道清是南宋在位最久的宋理宗唯一的皇后。

理学家、大儒朱熹曾三度来黄岩，他的父亲朱松当年考中进士后任职秘书监，正是由谢克家举荐。后来朱熹初到黄岩，特意怀着感恩之心，来三童岙拜访谢伋，自然也参观了谢伋的药园，并写了一首长诗《题谢少卿药园》。"谢公种药地，窈窕青山阿。"少卿是谢伋的官名。朱熹还写了"天然"两字的刻石，这块刻石今犹在。

"千古第一才女"李清照的夫君、金石学家赵明诚是谢克家表弟，两人的妈妈是亲姐妹。赵明诚去世六年后，李清照在《金石录后序》这篇自传体散文中写道：

走黄岩，雇舟入海，奔行朝，时驻跸章安，
从御舟海道之温，又之越。

那是在建炎四年（1130），大宋江山摇摇欲坠，
宋高宗赵构决定放弃北方的半壁江山，举朝南迁。
金兵从背后一路追杀，搜山检海，直逼得他们过钱
塘，沿浙东运河向东，从宁波（镇海）入海。高宗
在舟山观望了八天之后，继续南逃，随后的四个多
月里，漂泊于台州与温州之间的海面。

高宗从海上来到台州，李清照则是跟着负责编
辑皇上诏令的弟弟李远从陆路经剡溪（嵊州）、临
海，来到黄岩。姐弟俩在章安见到高宗，并登上御
舟南下。高宗在台州共停留了十天，据说当他的船
队进入椒江口时，正遇上运载黄岩蜜橘的商船从上
游驶来，官家还购买了一些。

那正是载有我外公南北货店物品的船只进出大
海的水域，也就是那次我们江口中学师生春游结束
后，我和母亲乘船去海门，我在海门江边看到的那

片水域。虽说它与流经杭州的钱塘江宽度相差无几，却比我后来在伊比利亚半岛南端看到的直布罗陀海峡和在丹麦首都哥本哈根看到的厄勒海峡狭窄许多，后面两个海峡分别是地中海和波罗的海的咽喉。

话说两年以后，李清照从越州（绍兴）到达杭州。她和前夫收藏的金石书画散失殆尽，万分痛心。孤独无依之中，她再嫁张汝舟。婚后口角不断，他进而谩骂，甚至拳脚相加。张汝舟的野蛮行径，使李清照难以容忍。后发现他还营私舞弊，便报官告发，并要求离婚。虽被获准，但宋律规定，妻告夫要判两年徒刑。在此紧要关头，谢克家和其亲家公、翰林学士綦崇礼出手营救，李清照于九日后获释。

21. 天地英灵之气钟于女子

南宋定都临安以后，台州成为辅郡，政治和经济地位等骤然攀升。前文说到在黄岩三童岙村建药寮的谢伋，他的孙子谢希孟是理学家，1184年进士，曾任大理寺司直、嘉兴府通判等职。谢希孟早年师从理学大师陆九渊，二十四岁文名蔚起，后与浙东学派陈亮、叶适为友，后者曾写过一首诗《送谢希孟》。晚年，他还整理出了祖父谢伋《药寮丛稿》（二十卷）。

但当谢希孟踏上仕途时，正值权相韩侂胄执掌朝政，大权独揽，打击异己，把"程朱理学"定为伪学，把朱熹定为逆党之首，举国上下一片腥风血雨。谢希孟对政局很悲观，对尔虞我诈的争斗厌烦极了，凌云壮志渐渐磨去，他寻找自己的一方天地，寄情风月，常常沉湎于秦楼楚馆，与歌妓们谈诗唱和。

老师陆九渊获悉以后，厉声斥责："士君子朝夕与贱娼女居，独不愧于名教乎？"谢希孟当面没有回应，背地里仍我行我素，与一位姓陆的女子卿卿我我，还把他们的爱巢命名为"鸳鸯楼"。作为理学家的老师听到风声，再次训斥谢希孟。这位门生却嬉皮笑脸地对老师说："我不但有鸳鸯楼，还写了一篇《鸳鸯楼记》呢。"

陆九渊有些不信，要他背几句听听，谢希孟不慌不忙地念了起来："自逊、抗、机、云之死，而天地英灵之气，不钟于世之男子，而钟于妇人……"三国东吴名将陆逊、陆抗，西晋文士陆机、陆云都是陆氏先祖。陆九渊心里明白，谢希孟是在拐弯抹角地嘲笑自己不如那个本家女子，但对弟子的放浪生活又无可奈何，只是淡淡一笑而已。

谢希孟的这句话值得玩味，后世另一个男子也说过类似的话："女儿是水作的骨肉，男人是泥作的骨肉。我见了女儿，我便清爽；见了男子，便觉浊臭逼人"。这个人就是贾宝玉，据说曹雪芹塑造《红楼梦》中的男主角和诸多女性形象时，深受谢希孟的影响。除此以外，明清文学中的杜十娘、杜丽娘、沈琼枝等形象的塑造也受到谢希孟的影响，可以说他是我国最早具有男女平等思想的学者。

杜十娘是明代作家冯梦龙短篇小说《杜十娘怒沉百宝箱》中的女主人公，曾为妓女，深受压迫却坚贞不屈，为摆脱逆境顽强抗争，曾将全部希望寄托于绍兴富家公子李甲身上。然而不管她怎么努力，也没有逃脱悲惨命运的结局，李甲背信弃义，将她卖于富豪孙富。万念俱灰之下，杜十娘怒骂孙富，痛斥李甲，把多年珍藏的百宝箱中宝物一件件抛向长江，最后纵身跃入滚滚波涛之中。

杜丽娘是明代戏剧家汤显祖《牡丹亭》中的女主角。《牡丹亭》又叫《牡丹亭还魂记》，杜丽娘出身官宦之家，聪明、娴静而又美丽，她不甘于封建礼教的压抑束缚，追求理想的爱情生活。她在梦中与书生柳梦梅结合，此后追求梦中情人，恍如希腊神话中的皮格马利翁。她因思念成疾而死，被埋葬于梅花观中。后来柳梦梅果然到此，她随即复活，与柳结为夫妇，实现了美好的夙愿。

沈琼枝是清代作家吴敬梓《儒林外史》中的人物，虽只出现两回，却以可爱可敬的灵魂给读者留下深刻印象，是中国妇女个性解放的先驱。她是常州才女，善诗书、重名节。因不从盐商宋为富，父女遭迫害，只身流落金陵，以卖诗沽绣为生。后被盐商状告逃婚，求助于男主人公杜少卿，在公堂上作诗证明自己的才华，打动县令，放她还乡另嫁。

必须提及与谢希孟同代的黄岩女词人严蕊。她本姓周，字幼芳，自小习乐礼诗书，绝色迷人。后父亲病逝，她被继父偷偷卖入乐籍，沦为歌妓，艺名严蕊。婺州（金华）学者唐仲友任台州太守，严蕊的一阕咏桃花词《如梦令》惊倒了众人，这是她传世的三首词之一：

道是梨花不是。道是杏花不是。白白与红红，别是东风情味。曾记，曾记，人在武陵微醉。

两人惺惺相惜，成就了一段佳话。等到永康学派领袖陈亮来台州，唐仲友和谢希孟陪同，也叫来严蕊等作陪。不久朱熹巡视台州，他的理学与永康学派是对头，遂以"官府不得宿妓"为由要修理唐仲友。朱熹要严蕊承认两人有染，不料她不惧诬陷逼供，没有屈服，被朱熹以有伤风化罪逮捕。此事震动朝野和宋孝宗，岳飞之子岳霖任提点刑狱，重审此案，判严蕊无罪。严蕊后嫁与赵宋宗室为妾，从此白头偕老。或许从严蕊身上，谢希孟懂得了如何欣赏女性。

宋代有两个谢希孟，另一个谢希孟（1000—1024）是福建晋江女诗人，其祖上四代和三个兄弟均为进士，皆为名诗人、文学家，母亲吕氏也精通文教，且不让须眉。谢希孟著有《女郎谢希孟集》二卷，还与其兄合著《谢氏诗集》，可惜大量散佚，仅有两首五言律和若干残句留在《宋诗纪事》和《全宋诗》中传世。

欧阳修虽未曾见过谢希孟，但读过她的不少诗作，他曾作如此评价："希孟之诗，尤隐约深厚，守礼而不自放，有古幽闲淑女之风，非特妇女之能言者也。"并将其比作古代杰出女诗人卫国庄姜和许国许穆夫人。遗憾的是，谢希孟不幸早逝，年仅二十四岁，其事迹亦语焉不详。

回到台州的话题，海门（椒江）北岸从前是前所镇，如今是前所和章安两个街道，金台高速在那儿有个出口叫"章安"。章安是台州最早的县名（东汉），也是最早的郡——临海郡的治所（西晋）。更早些时候，它叫回浦，是鄞县的一个乡（秦代），南部都尉驻地（西汉）。

换句话说，章安具备一座古城的基本特征，拥有不同的名字：回浦、章安、前所、椒江。就像杭州古称钱塘、余杭、临安，绍兴古称会稽、山阴、越州。前文还曾提到，三国时东吴大将卫温、诸葛直率领船队从章安首航台湾。宋时，县治和郡治迁往临海，章安成为一个镇，宋高宗曾在此驻跸①。

在明代，章安沦落为一个乡时，诞生了一位文学家，他的名字叫朱右（1314—1376）。少时他师从黄岩陈德永、乐清李孝光，后游学金陵，经人荐举任慈溪教授，不久辞归。后又迁居上虞县五夫镇，任绍兴、萧山教授和萧山主簿。方国珍任江浙行省平章，升朱右为行省照磨、左右司都事、员外郎。洪武三年（1370），史馆总裁荐朱右等纂修《元史》，从此留在南京。

朱右将唐代韩愈、柳宗元，宋代欧阳修、曾巩、王安石和"三苏"（苏洵、苏轼、苏辙）的优秀散文编为《六先生文集》十六卷。以此提倡学习唐宋八大家，反对明代前七子标榜学习的秦汉。两个世纪以后，湖州学者茅坤承朱右之说，增编文章，将"三苏"分开，重编《八先生文集》，作为学习古文

---

① 指帝王出行时沿途停留暂住。

的范例，"唐宋八大家"在中国文学史上的地位从此确立。

相传朱右体貌端雅，志行高洁，急公好义，安贫乐道。他在翰林时，每以辞章献，奏对精密，顾盼有威仪，朱元璋很器重他，常以"老朱"称之。有一次皇上驾临翰林院，朱右应制赋檐雀春声诗，得赐春衣、罗、绢、布等，朱元璋并要他为皇子晋干朱㭎讲书。说到朱元璋的这位第三子，倘若不是他四十岁那年英年早逝，应该不会有第四子燕王朱棣发动的靖难之役了。

至于当初朱右为何称"六先生"文集，个人猜测，或许是他认为，苏洵、苏辙比起其他六位来略微逊色。除了《六先生文集》，朱右还编著有《春秋类编》《秦汉文衡》《三史钩玄》《书集传发挥》《纲领始末》《文统》，等等；《文统》在阐述文的时候，将其划分为"天文""地文"和"人文"三大类。到了清代，朱右的诗文集《白云稿》五卷入选了《四库全书》。

如果说作为世界文化遗产的山西平遥是保存最完整的明清县城样板，那么松阳堪称保存最完整的县域样板。过去两年里，我曾有幸先后参加《浙江散文》笔会和"三月三"诗会，两次来松阳，与老友海刚相聚。

22. 松门，王羲之曾到此一游

最后，我想聊聊三位名字里带有"海"字的同代老乡。1974年初春，梁海刚出生在温岭东海之滨的小镇松门，他的老家在松门港外的海岛上，祖上世代是渔民。

海刚父亲梁启明是个孤儿，三岁时母亲死于难产，七岁时父亲冒险出海跑船，被日本人的炸弹炸瞎一只眼睛，随后染病身亡。梁启明的大姐卖身葬父，一年后郁郁而亡。待到二姐出嫁，十岁的梁启明被无子嗣的伯伯收养，迁往松门镇。海刚的伯公是做运输生意的，他去丽水松阳买木材，沿着瓯江运到温州，再转运到台州贩卖。

海刚外公出生于松门镇上的一个穷苦人家，从小跟人学裁缝，后来在温岭中学做校工，负责敲钟。抗战时期，温岭中学西迁松阳，他也跟着去，当时浙江有许多学校和机关都搬到松阳。后来学校裁员，海刚外公下岗了。他决定搭船回家，先是到温州，再从温州到温岭，没想到路过洞头列岛附近海域时，遭到海盗袭击，被劫持到了一座小岛上。

海盗从海刚外公那里要来家庭住址，派人去松门镇上，到他家里勒索五十块大洋，没想到他家里七兄弟，每年收入仅有两块大洋，一块大洋也拿不出来。海盗只好要求海刚外公为每个人制作一套服装，再把他们每艘船的船篷修补好。于是，外公便在岛上干了一年多活，终于获释回家，后来娶妻生子。海刚母亲考上杭州卫校，毕业后在胡庆余堂工作了一年，随后被分配到宁波宁海岔路镇卫生院工作。

梁启明自小聪明，读完小学后，考上了温岭中学。1963年，他考入大连的海军工程学院（现海军工程大学，1969年迁至武汉）。毕业后他被分配到海南岛部队，有一年回乡探亲，经人介绍，认识了从宁海回乡探亲的海刚母亲。双方满意，两人很快就结婚了。1972年，海刚母亲调回到松门镇卫生院，两年后生下海刚——"海"的意思是海南岛，也是故乡松门的大海，"刚"在台州土话里与浙江的"江"同名。又过了两年，弟弟海涛也在松门出生了。

说到松门名字的由来，东晋大书法家王羲之曾经在《游四郡记》里写道："永宁县界海中有松门，西岸及屿上皆生松，故名松门。"这里的永宁并不是唐代设立的永宁县，那是黄岩县的前身，而是东汉顺帝时从章安县分出的永宁县，县治设在今天的温州。松门原来是孤悬海中的一座小山和海岛，后因泥沙淤积始与陆地相连。

永和十一年（355）春天，即兰亭雅集两年后，王羲之称病辞官，寄情于山水，游会稽、临海、永嘉、东阳四郡。王羲之坐着船，偕同道士支遁和许迈，走海路，由临海郡去往永嘉郡，松门山是永嘉郡和临海郡的地理分界线。虽说王羲之的游记已散佚，但两百多年后，唐代书法家欧阳询等编纂的《艺文类聚》书中，引录了书圣有关松门的描述。在谭其骧主编的《中国历史地图集》之南宋台州地图中，也标注了松门山和松门寨。

七百七十五年后的春天，松门山再次进入了历史视野。话说宋高宗赵构的船队离开椒江口后，继续南逃温州。返程因为大雾，赵构的御舟和护卫船队失散了。这年五月的一个清晨，宰相吕颐浩、参知政事王绹、右相范宗尹等文武大臣，焦虑地在松门寨凝望大海，大宋王朝的命运在这茫茫的东海上命悬一线。松门寨系北宋神宗年间设置，有驻军两百多人。

幸好命运之神眷顾，不大一会儿，御舟安然无恙地出现在大家面前，皇帝遇险而归。此时海上又起风浪，弃船上岸的皇帝和臣僚们决定在松门寨暂作休整，并由赵构亲自主持，召集群臣举行了一次御前会议。这次会议是因张浚提出"西迁川陕"的建议而起（就是把南宋朝廷迁往四川），因为当时金军对江南的军事压力非常大。

会上发生了激烈的辩论，最后因为多数人反对，高宗打消了西迁念头。三天之后，海上风浪平息，御舟驶离松门港，移驾定海。倘若朝廷西迁川陕，那历史会是另一种写法，那个物质富庶、文艺昌盛、科技发达的南宋应该不存在了。那年大宋也迎来转机，岳飞打败了金国兀术的部队，收复建康。韩世忠以八千水师围堵十万金军，吓得他们从此不敢再渡长江。赵构后来成为幸福指数最高的宋朝皇帝，甚至无忧无虑地做了二十七年太上皇。

松门寨这次御前会议的内容被南宋大臣、史学家李心传记录在《建炎以来系年要录》里面，清代历史学家毕沅又把这一段作为历史见证编入了《续资治通鉴》中。而在当地，先是有童谣出来："洋屿青，出海精。"又过了两个多世纪，果然有个海寇枭雄，崛起于附近的山海之间。

1344年夏天，台州海啸，飓风大作，伴有地震。《黄岩县志》记载："大风吹海角上平陆二三十里。"

虽只寥寥数笔，已将海啸发生的惨烈过程描述得历历在目，感觉比现在浙东沿海每年遭遇的台风要严重得多。海啸过后，前文提及的路桥私盐贩子方国珍纠集了众多生活无着的盐民、船民，雄踞海上。

松门成了方国珍的巢穴之一，他曾带领战船千余艘在松门港，向百姓索取粮食给养。松门周边的一些地名可能与他有关联，如龙门、九洞门、石板殿（十八殿）。这些地名似乎表明，方国珍曾在此称王，甚或做过皇帝。1349年，元军进剿方国珍，扬言要杀光沿海百姓。幸好出现了一位勇敢的黄岩乡绅潘伯修，他独自前往元军大营为民请命，居然成功，他本人却为方国珍所杀。

时间来到1982年，邓小平下令，百万军人转业，已是营级干部的海刚父亲复员回故乡，在温岭县检察院做副科长，不久因为符合干部"四化"条件，升任为县法院院长，之后没再晋升，退休前任温岭人大法工委主任。海刚上小学五年级时，和母亲、弟弟一起也搬迁到温岭县城。初中毕业那年暑假，海刚回到老家海岛上勤工俭学，为剥虾女工称秤记账。

1991年，梁海刚考入杭州大学法律系，在西子湖畔度过了四年。毕业后回故乡温岭，辗转在太平、松门、箬横等乡镇街道工作。2012年他担任横峰街道书记，两年后我应邀参加东海诗歌节，与海刚得以相识。正是他带我去拜谒蔡家祠堂，我收获了珍贵的家谱，获悉最初的祖居地在黄岩平田。翌年海刚离开温岭，先后担任三门县委常委、路桥区宣传部长、黄岩区委副书记。

2022年，海刚调任松阳县长（他的弟弟海涛如今是温岭市副市长）。或许是命中注定，海刚与松阳有缘，他的伯公曾在松阳做生意，外公也曾随温岭中学西迁松阳。海刚在温岭的家门口有株高大的松树，因此给自己取了笔名松庐——"松"既是松树，也是故乡松门，还是他目前担任父母官的松阳县。

说到松阳县，它是丽水十县（撤掉宣平后成九县）中最早建县的（东汉，199年），是从前文反复提到的章安县南乡分出的，也的确与台州渊源颇深。三国时设立临海郡，松阳是下辖七县之一。东晋时分出永嘉郡，到了隋代，临海郡与永嘉郡又合二为一了。从唐代开始，丽水（括州或处州）、温州和台州才各自为政至今。

2013 年，松阳被《中国国家地理》杂志赞为"江南最后的秘境"，只因拥有星罗棋布的古村落，其中 75 个入选了中国传统村落名录，包括三都乡的杨家堂村、四都乡的西坑村和陈家铺村（南京先锋书店在那里建有平民书局）、古市镇的山下阳村、大东坝镇的横樟村等。

如果说作为世界文化遗产的山西平遥是保存最完整的明清县城样板，那么松阳堪称保存最完整的县域样板。过去两年里，我曾有幸先后参加《浙江散文》笔会和"三月三"诗会，两次来松阳，与老友海刚相聚。巧合的是，横樟村恰好也是我岳母的老家，我因此首次得以造访。

海刚喜欢古典文学和音乐，他在台州时写散文，来到松阳以后，繁忙的公务之余写下了一百多个词牌的古体词，发表在一些知名的报刊上。一首《贺新郎·乡夜观海》抒发了他对孩时故乡和大海的无限记忆，其中有四句这样写道：

长岬连云横青霭。碧月素辉轻洒。

共松风飒飒鸣清籁。人不寐，长听海。

23. 当故乡近了，乡情却远了

林海蓓比我年长一岁，刚好比海刚大一轮，她是诗人，曾任黄岩文联兼作协主席，橘花诗会操办人之一。海蓓的父亲也是军人，家在温岭箬横镇汇头林村。箬横在新河与松门之间，她的爷爷去世早，奶奶靠做裁缝把父亲和姑姑拉扯大。她父亲从小喜欢读书，学习成绩很好，奶奶到庙里许愿，说父亲将来会很有出息。但因为家里经济条件不好，而当时的台州农校免费入学，于是他报考了农校。

没想到的是，有一天，"三五支队"经过黄岩，海蓓父亲与几位热血青年一道，跟着部队走了。抗战初期，苏南是新四军最活跃的区域之一，1941年，他们派兵进入浙东，先后有近千人从上海乘船渡过了杭州湾。翌年夏天成立指挥部，统一指挥浙东游击队。1944 年初，这支队伍正式编入新四军，司令员何克希、政治委员谭启龙，辖第三支队、第五支队等，简称"三五支队"。

小脚的奶奶得知后，一路追到宁波。但父亲执意不愿回家，她哭坏了眼睛。由于海蓓父亲学历高，且已熟练掌握了高等数学，得到部队首长的照顾，一直做教员，没有打过仗。抗美援朝期间他也写过参战血书，没有获得批准。后来父亲的部队到了上海，战友与上海姑娘谈恋爱，他和华师大毕业的母亲充当"电灯泡"，也成了一对。海蓓和大弟出生在上海，名字里都有"海"字。

后来，海蓓父亲的部队换防①到河南信阳，传统观念强的他认为家人一定要在一起，就把当小学老师的妻子、海蓓和大弟的户口迁出大上海。小弟出生在河南，名字中有"豫"字。海蓓在信阳生活了

———————————

① 原在某处驻防的部队移交防守任务，由新调来的部队接替。

六七年之后，父亲又调到山东部队，先是在泰安新泰，后到潍坊高密，等到了济南章丘比较稳定之后，才把全家接去。因为老换学校，海蓓学习受影响，加上偏科，两次高考都落榜了。

山东是孔子的故乡，而信阳是孔子周游列国的终点，他在如今的信阳文庙里讲过课。信阳有十个县，包含了古时的光州，北宋名臣、史学家兼文学家司马光出生在光州，他也因此得名，他的父亲是县令。光州也是楚国宰相春申君黄歇和明末民族英雄郑成功的故乡，黄歇的封地在今天的上海，这也是上海简称申的缘故。

而在小海蓓的记忆里，印象最深刻的是学跳新疆舞和扭秧歌，还有色彩缤纷的空中传单，上面有伟大领袖毛主席的最新指示，那只有部队大院里的孩子才能够看见。等到年龄稍长，她和同学们会去信阳南郊的鸡公山玩，那是我国四大避暑胜地之一。

至于章丘，她最美好的记忆是学拉小提琴。乒乓球是童子功，射击是部队孩子的福利，以至于初到黄岩的第一次比赛就得了第一名。每天上学，她都要走四十分钟到市中心的第四中学。她最珍爱的是父亲送给她的美丽的鹅卵石和一对粉色的发带，鹅卵石是他从正在修军用机场的高密捡来的，她把它们从信阳带回到山东。章丘也是李清照的出生地，这一点给了她诗和缪斯女神最初的感觉。

在海蓓的记忆里，第一次回台州老家是在1971年春节，也是她的小学寒假，全家从信阳坐火车到武汉，再乘坐三天三夜的长江轮到上海。父亲拿着许多行李，母亲抱着小弟，她和大弟自己走，夜晚看不清路，跌跌撞撞地摔倒了，手里拿的东西散落一地。到上海以后，再坐长途汽车回老家，那又需要一整天的时间。那时候她奶奶随大姑姑，住在西南边的西浦村。

关于箬横镇名的由来，有一则古老的故事。相传戚继光平倭寇时，沿运粮河追踪到此。那会儿正好有台风过境，天下大雨，河面水流很急，且伴有漩涡，别的杂物都被冲走，唯有一片片特大的箬叶，横在桥墩边。戚继光便问幕僚这是何地，幕僚随口回答："箬横。"他在军事地图上记下，箬横就此得名。

箬叶是箬竹的叶子，箬竹竿高通常有 0.75 ～ 2 米，直径 4 ～ 7.5 毫米；节间长约 25 厘米，最长者可达 32 厘米。箬叶可用作食品包装和生活用具，如粽子、茶叶、斗笠、船篷衬垫等，还可用来加工制造箬竹酒、饲料、造纸及提取多糖等，同时还有较高的药用价值，对癌症特有的恶液质具有防治功效。

在纷飞的雪花里踏上故乡的路，乡亲们热情好客，拿出许多她从没见过的海鲜招待客人，远亲近邻纷纷请他们吃饭。而海蓓那会儿正在闹牙疼，看着满桌菜肴只能喝稀饭。那以后，都是父亲一人每隔四年回家探亲，千里迢迢，拎着大包小包回去，再挑着满担子的食物，乘汽车和火车，然后两只肩膀红肿着看儿女们吃他带回来的海货——这些东西一般能吃上好几个月。

1982 年，百万军人复员，海蓓的父亲举家从山东迁回南方。当时有几个选择，如果转业到母亲老家上海，会被分配到劳改农场，母亲说不好听；也可以去浙江省委党校，但家属要一年后才能进杭州。结果部队派人来台州考察，选择了当时各方面条件都比较好的黄岩，安排他到黄岩县人民法院做副院长，母亲则在城关东方红（锦江）小学教书。

等到海蓓第二次回温岭老家，她已经成年。她发现老家的木房子矮了许多，有些陈旧不堪了。而盼儿子盼了几十年、几乎双目失明的奶奶用手挨个儿摸着孙儿孙女们的头，很是高兴。可她听不懂海蓓姐弟说的话，海蓓和弟弟们同样也听不懂奶奶说的话。在遥远的他乡，总觉得心有所系，南方有一个被称为老家的地方在等着游子回来；可是，当故乡近了，乡情却远了。

海蓓最伤感的一次回老家，是为奶奶送葬。守望了一辈子的老人家离去，割断了她与故乡的最后一丝牵挂。海蓓有时会觉得，今生注定漂泊。在北方，同学们说她是南方人；回到南方，却没有人认为她是南方人，而她至今也说不出一句像样的南方话。几年以前，她写过一篇名为《乡愁》的短文，开头这样写道：

当"不要问我从哪里来"的歌声再也激不起某种淡淡的惆怅时，我知道，故乡失却了……

如今，越来越多的现代人正在远离故地，漂泊他乡，而"近乡情更怯，不敢问来人"的情绪也越来越被人们淡忘。在海蓓看来，老家在父亲那一代，是叶落归根的向往；在她这一代，是一幅被岁月冲淡的画；而到下一代，也许就只是履历表上的空格，地图上的一个符号而已。巧的是，海蓓的先生正是前文描述过的沈宝山药业的第四代传人，沈家也来自异乡。

24.“海水是皎洁无比的蔚蓝色”

　　1968 年初，王海桦出生在黄岩西部的头陀，也就是我最初上小学的地方。海桦父母都是黄岩人，母亲出生在桐庐，其时海桦外公在桐庐工作，富春江流过的这座美丽的县城有一座桐君山，母亲因此得名。父亲从小读私塾，学习优秀，后来参加了“三五支队”旗下的游击队，在故乡闹革命，母亲是学习培训班的学员，因此与当教员的父亲得以相识相恋，她也是我母亲的老朋友。

　　其时海桦母亲的上级领导，一位山东籍的南下干部也喜欢这位擅长诗词的大家闺秀，最后还是聪明能干的父亲赢得了母亲芳心，但也因此给原本光明的仕途蒙上了一层阴影。海桦的外公出身书香门第，是一位文人，民国时期曾任黄岩副县长。外祖父母在母亲幼年时离婚，双方另组家庭，海桦称外公的新太太为小外婆；后来外公去世，小外婆又一次嫁人，她又有了一个小外公。

海桦父亲先后担任黄岩县委宣传部副部长、部长，我每期收阅的《黄岩通讯》上有篇回忆文章写道，1964年5月9日傍晚，大文豪郭沫若一行游过雁荡山以后，回杭州途中经过黄岩，县委书记立即指示王部长负责安排接待。其时黄岩越剧团和乱弹剧团正在外地演出，唯有海门镇的越剧二团刚演出归来，正在海门视察工作的王部长立即决定，派人分头去找二团的演员，随后乘车去黄岩城关。

演员们在车上边吃饭边化妆，待到抵达并布置好舞台，已是晚上九点钟了，剧目是反映民族情谊和救死扶伤精神的《春到草原》。翌日上午，王部长陪郭老去黄岩翻簧厂参观，郭老对琳琅满目的竹子作品赞不绝口，厂方赠送他一把浮雕翻簧掌扇，现藏上海博物馆。下午郭老挥毫，一口气写了数幅字，少不了毛主席的诗词。郭老还应邀为九峰公园题写园名，那是我小时候看见过的。

说到黄岩翻簧，它是一种始创于清朝的竹雕传统工艺，即把图案刻在毛竹内壁的簧面上，与青田石雕、东阳木雕并称"浙江三大雕"。具体工艺流程是这样的：先将毛竹去青取簧，经煮、晒、压平后胶合或镶嵌在木胎、竹片上，然后磨光，雕刻上各种图案，再配上其他装饰材料，制作成工艺品。1929年首届西湖博览会上，黄岩翻簧器皿竹扇和沈宝山的白茯苓红花均获特等奖。2008年，黄岩翻簧被增补为第二批国家级非物质文化遗产项目。

在那个特殊岁月，海桦父亲被造反派打倒，狠狠地整了一顿，据说他早年的那位情敌也发挥了作用。1967年岁杪①，位于城关的王家被红卫兵占有，那时候海桦快要出生了，母亲被迫去了头陀小姑家，十岁的大哥趁红卫兵没注意，悄悄溜进自己家的门

———————————————
① 指年底。

缝，取出了原本准备好的物品，包括给新生儿穿的衣服等。

酷爱文学的母亲喜欢冰心的《繁星》和《致小读者》，对郑振铎的《海燕》中所描述的大海也十分向往，尤其是开头那句，"海水是皎洁无比的蔚蓝色"，令她着迷。因此，她给独生女儿起名海桦，"桦"字则对应自己的"桐"字。它们同为落叶乔木，形态和生长环境却有所不同。

桐树皮是灰褐色的，叶卵圆形，先端短尖，基部平截或浅心形；花瓣白色，有淡红色的脉纹。而桦树皮是白色的，光滑如纸，可分层剥下；叶子是单叶互生，边缘有锯齿。桐树通常生长在海拔1500米以下的山坡、路边、丘陵、山谷及溪流旁，而桦树耐寒，可以生长在高山或高原上。

桐树是所有木料中最不易变形的，经过高温加工后，还可用作琴的材质。用桐木制成的乐器音韵优美，拥有"桐韵"。《后汉书》中记载，我国古代"四大名琴"之一的"焦尾琴"便是用桐木制作的。

相传我的南渡先祖蔡谟的五世祖蔡邕在江苏溧阳从农家炉灶的烈火中抢救出一段尚未烧完、声音异常的桐木；随后，他依据木头的长短、形状，制成一把七弦琴，其音质果然不同凡响。

从字面来看，桦树是一种可以开"花"的树，它具有先开花后长叶的特点。据说，汉字里的"花"字出现得很晚，"华"在古代就是"花"的意思。例如，汉乐府《长歌行》中有"常恐秋节至，焜黄华叶衰"，描绘的便是秋天草木枯黄、花叶凋落的样子，这里的"华"就是"花"。

海桦在乡村度过幼年时代。1974年，北京调整了有关政策，她的父亲得以复出，担任金清镇（现属路桥区）革委会主任。海桦来到金清，第一次见到了大海，却不是母亲告诉她的蔚蓝色，很是诧异和失望。不仅如此，她还发现大海动荡不安，尤其是在台风季节，不像黄岩的长潭湖或《海燕》里所描述的"海波平稳得如春晨的西湖一样，偶有微风，只吹起了绝细绝细的千万个粼粼的小皱纹……"

郑振铎是温州永嘉（黄岩邻县）人，那儿的大海与台州一样也是浑浊不堪的，且温州和台州一样每年受台风侵袭。但是他的《海燕》却写于1927年赴欧洲游学（足迹遍及英国、法国和意大利等国）的旅途中，可能是在印度洋或地中海的一段较为平稳的航行中，故而是蔚蓝色和宁静的。

稍后，海桦父亲回城关出任镇党委书记，母亲担任县妇幼保健院院长，全家得以团聚。海桦也回到城里念书，深得母亲和两个兄长的宠爱，先后考入黄岩中学和城关一中。她喜欢看外国电影，如日本的《追捕》《人证》等，国产电影则喜欢《一江春水向东流》——这部1947年拍摄的影片由陶金、白杨、舒绣文、上官云珠主演，与1939年上映的美国电影《乱世佳人》一样，有着史诗般的气度。

高中毕业前夕，海桦决定报考北京电影学院编剧系，为此两度赴京备考和考试，可惜最后没能如愿。她回到故乡黄岩，徘徊在梦想与现实之间，后来因为一次偶然的机会，她来到杭州工作。再后来，她创办了自己的服装公司，经过多年的努力经营，拥有两千多名员工和古木夕羊、OTT 等多个品牌，取得了事业和爱情双丰收，还在杭城郊外拥有一座叫"义远"的农场。

古木夕羊是充满艺术气息的女装品牌，其设计灵感来源于生活，风格自然，常采用棉麻等天然面料，注重穿着的舒适度和质感，简约而不失品位，展现出女性独特的气质和韵味。每年，海桦因为工作和休闲的需要，都会去巴黎、米兰、东京或纽约这些时装之都汲取灵感，至于她的电影梦是否依然存在，我就不得而知了。

无论如何，故乡的大海充满了野性和激情，滋润和影响着每一个游子。

后 记

　　能够安静地坐在自己的书房里回忆童年，那是一桩多么幸福的事啊。不过，当编辑孙玉虎给我打电话，希望我能为"我们小时候"丛书增添一本的时候，我婉言谢绝了这个提议。原因在于十多年前，我便已出版过一本《小回忆》（三联书店，2010），后来又有了增订版，并幸运地被哈佛大学、斯坦福大学、芝加哥大学等世界一流大学的图书馆收藏。

　　可是稍后，我收到十来本已出版的苏童、毕飞宇、王安忆、迟子建、张炜、叶兆言、宗璞、周国平等知名作家的童年回忆录，装帧和设计美观大方，他们中有的我认识并有交往，其中毕飞宇还为我的书写过推荐语，我有些心动了。加上《小回忆》写作留给我的遗憾和后来发现的新素材，尤其是故乡层出不穷的历史和风物，我应允了下来，并利用一个寒假完成了这本小书。

由于种种原因，我小时候随母亲在浙东南台州黄岩的七座村庄和一个小镇生活并长大。永宁江是黄岩的母亲河，无论我走到哪里，都能见到它的身影。稍后我又发现，永宁江离开大海已经不远了，尤其是有四年时间我就生活在江边的王林施村，那里离东海的直线距离仅有二十多公里，每天两次的潮涨潮落让我感觉到大海的心跳，大海给了我最初的幻想。

我长大以后，读到法国诗人夏尔·波德莱尔的诗句"自由的人儿啊你总是那样怀恋大海"，每次总是心有所动，而读到林语堂的《苏东坡传》里的描述"大海对他不像对西方诗人那么富有魔力"时，又难免会有几分叹息。虽然苏轼曾两度在东海之滨的杭州为官，最后的贬谪地海南儋州与大海近在咫尺，可是他来自大地方，加上那时候交通不便，世界地图尚未绘成。而对我来说，大海就像是一个动荡不安的父亲。

写作过程中，我把近年新发现的故乡人物容纳进来，其中两位文学家——南宋的谢希孟和明代的朱右足以让故乡人为之骄傲。谢希孟的家族与李清照有渊源，李氏姐弟和朱熹曾来造访，他本人提出了"天地英灵之气，不钟于世之男子，而钟于妇人"的观点，影响了《红楼梦》《牡丹亭》《儒林外史》和冯梦龙小说中的人物塑造。朱右则率先编选了"唐宋八大家"文集，确立了他们的文学地位。

在为开篇寻找合适的语录时，我想到了苏格兰历史学家、作家卡莱尔（1795—1881），他年轻时喜欢数学，曾做过五年的中学数学老师。有一次，他还发现了一元二次方程的几何解法。事实上，卡莱尔利用了一个特殊的圆与 x 轴的交点，当有两个交点、一个交点和没有交点时，分别对应于方程有两个实数解、一个实数解和无实数解。成名以后，卡莱尔曾写道："唯有传记才是真实的历史。"

我也读过物理学家阿尔伯特·爱因斯坦的传记和著作，他的教育理念尤其让我倾心："教育不是把人培养成一个有用的机器。""学校的目标必须是培养能独立行为和思考的个人，而这些个人又把为社会服务视为他们最高的生活任务。"1905 年，身为瑞士伯尔尼专利局三级技术员的爱因斯坦发表了有关狭义相对论和质能转换公式等的几篇划时代的论文。

爱因斯坦认为，如果一个老师（我想这句话也是对家长们说的）只会动用强制性的权力，例如，告诉学生"你应该怎么样做，不然你就会怎么样"，等等，此类教育方法是低劣的甚至是邪恶的，它只会摧毁学生"健康的生活态度、正直和自信"。在这样的教育理念下培养出来的学生不会有独立的人格，在日后的社会生活中也只会一味"顺从"。

在《爱因斯坦文集》里，我读到了一句略微偏激的话，"仅有专业知识的人，不过是一条经过良好训练的狗"。相对论的提出，起初并没有得到权威人士的一致认可，全才的法国数学家亨利·庞加莱也没有表态，不过他应爱因斯坦的请求，给后者的母校写过一封富有成效的推荐信，"爱因斯坦是我见过的最具创新精神的思想家之一"。而爱因斯坦自己则蔑视权威，他曾指出："在真理的认识方面，任何以权威者自居的人，必将在上帝的嬉笑中垮台。"

回忆自己的中小学，似乎没有一位老师特别影响到我，但我所有的个性和品格，又都发轫于那个时期。对自然数的敏感也是对生活的敏感，来源于小学时的数麻糍——一条行进的小路上的石板；一位没有教过我的中学语文老师抄赠给我母亲的诗词留给我深刻的印象，他是我认识的第一个诗人；还有对地理和地图的热爱，是从未谋面的海员舅舅和银幕里的军用地图带给我启示。

本书的最后一章，我写了三个名字里带"海"字的同代同乡，谢谢他们接受我的采访。他们对大海有不同的理解，大海对他们也有不同的意义。如今他们生活在不同的城市，其中一位仍留在故乡。还有一篇，写到移居他乡的南宋诗人戴复古的后裔。我也要感谢远在法兰西的插画师，她的耐心细致使我们有了美丽孤绝的封面。我期待着包括故乡人民在内的大小读者对本书提出批评意见，也期待看到更多的童年回忆录。

蔡天新

2024 年盛夏，杭州天目里